JN000803

檸檬先生

珠川こおり

講談社

檸檬先生

装画　山口つばさ

装幀　岡本歌織（next door design）

私の十年来愛した女性は、今私の目の前で細い四肢を投げ出し、切れ長の瞳をだらりと開けて倒れている。微動だにしない。ただその美しい黒の瞳で、アスファルトの地面だけを見つめている。私の地についた膝は広がり続ける赤黒い水溜まりにじっとりと濡れ、その中心に彼女は浮かぶように沈んでいた。

絶命している。

大衆の真ん中で、なにかの見世物のように、美しく、鮮烈で、衝撃的な赤だった。彼女は自分の死をもって人々の頭の中にべっとりと赤いペンキを塗りつけすべての人を侵し、今芸術家となった。

私はただ呆然とするほかなかった。それから瞼の裏にある赤に涙した。心を打つ赤だった。命の色が今流れ出ていく。それがとても惜しかった。それなのに彼女のことを酷く美しいと思ってしまったのだ。こんなにも残酷な美は他にはきっと存在し得ないだろう。このような斬れるほどに悲愴な芸術など存在しうるだろうか。

往来は沈黙した。たった今ビルのてっぺんから飛び降りて頭をぐちゃぐちゃにして死んだ女を、皆何も言えず見つめている。ただの、赤の他人の無造作な死ではない。矯激な死だ。何人も視線を逸らすことなどできない。

これこそ芸術だと彼女は言っているようだった。透明な彼女は赤いペンキと為りキャンバスを殴りつけた。確かにそうだ。だが私には全くわからなかった。死してまで芸術を成し遂げた彼女の鮮烈な激情を、今までわかった気になっていただけだったことに気づいたのだ。

春

1

初めて彼女に会ったのは私が小学校三年生の時だった。

私立の学校に通っていた当時の私は何もできない阿呆だった。私は居場所すら失っていた。奇怪なモノとしてクラスメイトから撥ね除けられていた。

正確にいえば話しかけてくる者はいる。しかし大抵浴びせかけられるのは罵倒の言葉だ。

「やあい、バイタの息子！」

「バイタ」

「汚ねえぞ。触るとキンがうつるぞ」

坊主頭のクラスメイトがぐるぐると周りを回ってどついてくる。青、赤、群青、ぶわりと色が顔を隠す。触ってきた青がその右手を隣の群青になすりつけた。

「ぎゃああ！　キン！　バイタキン！」

私も彼らもきっと意味はわかっていない。けれども母を侮辱されているのは肌で感じた。

母がいつも肩身狭そうに学校にやってくるのを見ている。なぜ自分がこんな学費の高い私立校に通っているのかはわからない。母がなけなしの金で良い教育環境に置きたかったのだというのは今ならわかる。周りの区立小学校はどこも風紀が悪かった。しかし私立のこの学校とて代わり映えはしないものである気もする。

　私はただ異質の言葉を投げつけてくるクラスメイトを陰鬱な瞳で見るばかりだった。

　青い子が口を開く。

「黙ってら。お馬鹿なこいつに言葉は通じねえ」

「なんたって〝色ボケ〟やろーだもんな」

　赤も続けて嘲(あざけ)る。色ボケやろーという蔑称(べっしょう)は、私には強く刺(とげ)として刺さるものだ。その言葉は一種の線引きだった。奇行ばかりの私は線の外側にいる。

　唇(くちびる)をひき結んで黙り込む。黙って下を向いていれば、いつかこいつらは飽きてどこかへ行く。

　青、赤、群青が立ち去り、そこでやっと床に転がっていたランドセルを取り上げて背に負う。宿題の溜まったランドセルはずっしりと重い。肩に食い込む。私の黒のランドセルは、入学したての頃の、あのカブトムシのような純美なてかりは無くなってしまっていた。

　放課後、小学部の児童たちは大方小さな校庭に集まって遊ぶ。スクールバスを待つ子供は大抵そうだった。私は家が近所だったからそうする必要はなかったが、すぐに帰るのも気が引けた。

　人気(ひとけ)のない廊下を歩いて三階まで上がり音楽室の扉を開く。完全防音の扉は八歳の私にはとても重い。赤塗りのドアをぎぎぎ、と押し開け少し出来た隙間に体を滑り込ませる。鍵は開いているが電気は点いていない。私は知っていた。音楽教師はいつもこの時間タバコを吸うために外に出ている。それから彼女は随分帰ってこないので音楽室で好き勝手できるのだ。

黒く輝くグランドピアノの、重厚な白黒鍵盤。少し黄ばんだノスタルジックなピアノに丸く小さな手を添える。

レ、レ♯、ミ、ソ、ソ♭、ソ♯、オクターブ上がってソ♯、ラ、下がってラ、基準のド♯、ド、また上がってレ♭。

きっと誰もが嫌う音階。しかし私にはいたく美しいものだった。父が教えてくれた十二色相環、それが音にはまってぴたりと瞼の裏に焼き付けられる。黄、黄緑、緑、青緑、緑みの青、青、青紫、紫、赤紫、赤、赤橙、黄橙。音階が滑らかなグラデーションを描く。十二色相環モール。私はそう呼んでいた。色相環を見るとこの音が思い浮かぶ。この音を弾けば色相環が思い浮かぶ。初めて色の並びを見たときは気持ちが悪くて仕方がなかったが、すぐにこの音階が大好きになった。他の絵画や音楽は、見たり聴いたり、それだけで脳の中がサイケみたいになって、モワレみたいになって、腹の底から何か湧き出て、喉奥が酸っぱくなって……。

教師に訴えたところで眉を顰められるだけに終わっていた。クラスの誰も理解してくれない。私だけがおかしい。

しかし父だけはそんな私に対してやけに嬉しそうであった。

「大人になったらまた色々変わるさ。お前は俺に似たんだよ。芸術家に向いてるってことだぞ。そうそう、そーゆーやつはまあたまにいるんだけどさ、お前は特別それが強くて多いってこったな。俺にはねーからなあ……」

父の言うことは理解できなかった。これっぽっちも。みんな自分たちと違うやつは排除したがる。それで私は除け者にされるのだ。

学校から五分程度の帰り道をとぼとぼと歩く。静かで落ち着く住宅街の中、道端の雑草を眺めながら歩く。黄色いたんぽぽが根を張ったアスファルトの道は晴天続きの影響で黒黒とひび割れている。

しかしたった五分の道程などあっという間に終わってしまうのだ。私は悲しくも鍵を使って家に入った。

玄関からすぐのリビングで、母は黄ばんだアイロン台で、何も言わずアイロンをかけ続ける。形式的にただいまとだけ言って私は走るようにリビングを去った。

アイロンの匂いは家中に充満していた。段の高い木の階段を四つん這いで駆け上る。上がってすぐのところにある父の部屋が、私の勉強場所だった。父の部屋にはちっぽけな机と椅子しか置いていない。前まであった少し古びたイーゼルやベニヤのパネルは母が早々に売り飛ばしてしまった。一度ふらりと帰宅した父はこのアトリエから作業道具も、値打ちのないつまらない絵すらも消え去っていることに驚いて、母に「俺のアトリエ、どうなってんだこりゃ」と問うていた。母は「売り飛ばしました。誰のせいでこんなことになったと思ってるの」と素っ気ない。優しい母の刺のある言葉に、柱の陰に隠れて聞いていた私は震えた。思えばその時くらいから母は温顔を無くしていったが、それでも父は真っ黒に日焼けした顔でにやついていた。

「そかそか、俺の絵、売れたのか」

母は閉口した。

ママ、フリマアプリで安く売ってたけどな、と子供心に思ったが、声を出せばばれてしまうと黙って成り行きを見ていた。

母は父の手首を引っ摑んで玄関の外に放り出した。こんなときばかりは痩せっぽちの母でも馬鹿力を発揮する。父は不思議そうに目を丸くするのみだ。

「もう帰ってくんな！　世界中どこにでも行けばいい！」

ガン！

閉められた築四十年のドアが壊れないか私は心配した。父にもう会えないのかと思うとなんだか寂しかったが、鈍感なのかはたまた打たれ強いのか、父はそれからも年に二、三度くらいのペースでふらりと家に帰ってきた。その度母が追い出すのだが家に入ること自体は許している。私にはよくわからなかった。

父のアトリエにランドセルを置く。アトリエは絵の具と粘土の香りが染み付いている。帰ってくるたび私を必ず一度は抱きしめてくれる父の香りがした。父にいだかれる錯覚を覚えながらも、長くいれば嗅覚は麻痺してだんだんと匂いがしなくなる。私はランドセルからノートと教科書を取り出した。明日は算数のテストだった。去年習った九九の復習。足し算も引き算もかけ算も、全部苦手だ。苦手だから全くできない、では済ませられなくて、どうしようもないまま答えだけは暗記している、けれど。

一の段。一かける一は白と白だから白。だから一。一かける二は白と赤でピンク。ピンクだから九。一かける三は白と黄色で……白と黄色は掛け合わせると何色になるんだろう。わからないものは多かった。どの色と掛け合わせればその色になるのか、幼い私には難しかったのだ。

数字を見た瞬間にそれが脳味噌の中で色として焼き付いて、色同士を混ぜ合わせて出来た色が答え。そうなると今度はかけ算も足し算も同じに見えた。何がなんだかわからない。答え合わせをしても結局はほとんど不正解。合うわけがないのだが、それがわからない。首を傾(かし)げ傾げ、しかし一人で解くしかないのだ。兄弟などいないから。

答えは知っている。知っていても、色が滲(にじ)む。滲み出す。汚い配色にはうずうずしてしまうのが現実。赤色でバツを描くのは気が引けてしまった。横に小さく当たり前の答えだけを記しておいた。

アトリエの匂いは薄れていく。アイロンの匂いも、しない。密閉された空間で静かに息をする。雨戸が閉まった室内には陽の光は差し込まない。しかし薄い壁の向こうから聞こえる五時の鐘の声で時を感じた。階下からがらがらと音がする。一つ欠伸(あくび)をして漸(ようや)く鉛筆を置いた。どうも、自分は計算に向いていない。あっという間に色が混ざり合い、答えの出ない迷宮に迷い込む。暗記した。脳は拒絶する。

アトリエにノートを開いたまま廊下に出る。階段を慎重に下りる。きし、きし、と階段は少しばかり歔欷(きょき)の声を上げた。金属の錆びた手すりをつかんで最後の一段を下りる。良い匂いがした。この匂いは多分、カレーだ。昨日見た時、冷蔵庫にはカレールーしか入っていなかったから、きっと明日の朝は何もない。

「ママ……?」

「……席について。今日はカレーだよ」

母は殊更猫撫で声で言う。私は具のないしゃびしゃびのカレーを少しずつ食べた。

「ママ」

「ママ、かけ算九九って難しいね」

「もう、覚えたけどね」

「わかんないんだ」

「だからさ、今度さ、……」

会話にはならず、私の声は虚空に沈む。

先行きは真っ暗闇だ。

2

「わ、来たぞ」

「バイタの息子が来たぞ」

クラスメイトが囁き合う。私はただ俯いて自分の席まで歩いた。名前もわからないクラスメイトたちが騒がしく、しかし密々と私を見て何か言い合う。

　ぐうぐうひっきりなしに鳴る腹を押さえつけて私は冷水機の水をがぶりと飲みこんだ。喉を滑り落ち味のしない液体が腹の底に溜まる。胃がきゅうときしんだ。ついでに胸のあたりもぐっとなって喉が酸っぱくなる。締め付けられるような空腹だった。

　算数のテストは結局形式的に答えを連ねた。暗記した配色カードのようなそれは、見ていて心地の良いものではない。

「はい、解答をやめてください。隣の席の子と交換して丸つけしましょう」

　隣の緑は親指と人差し指でつまみ上げるようにして私の解答用紙を受け取った。私も彼の解答を手に取る。配られた答えと照らし合わせて色のぐちゃぐちゃなその数字に丸をつけていった。何度見たって汚濁されたような並びをしているくせに、隣の席の子の解答は答えとほとんど同じ色を描いていた。

「色ボケやろー、満点だ！」

「はあ？　色ボケなのにぃ？」

「カンニングしたんだろー！」

　緑が青や赤とつるんで私の解答用紙を振り回す。

　私が必死に手を伸ばしても、クラス一番ののっぽの手に回ってしまっては届きそうにもなかった。

「やめてよ」

「みんなやめなさい。テストの点は言いふらしちゃだめでしょ」

　そう担任は言うがそうであるならば交換して丸つけをさせないで欲しかった。若い女教師を涙目でひと睨(にら)みする。教師は素知らぬ顔で、目を合わせることはしない。眉を下げたふりをして、口元は笑いながらなんとなく子供たちを叱る。放課後に呼び出されるのはいつだって私の方だった。脳裏にぼんやりと赤い色が浮かぶ。

「あなた、何度言ったらわかるの？　毎日勉強しなさいって言ってるでしょう。カンニングなんてして。私の目をごまかせると思ってるの」

教室の真ん中に立たされて、私はただ床のタイルを見つめた。正面に立つ教師は腹のあたりしか見えない。教師は黒だった。少し肉のついた太い指で私のテストを持ち上げ、鼻で笑う。

「あなたが宿題も答えを写しているのなんてばればれなんですからね」

勝ち誇ったような笑(え)みで言うものだから、私はため息をつかざるを得なかった。途端に教師はさっと顔を赤くする。気にせずただ下を向いた。磨かれていないタイルは鈍い光だけを反射している。

それだけで担任の雑さは如実だった。私は宿題をきちんと解いている。思うままに解いている。テストの時は、覚えたものを書いているだけ。カンニングはしていない。していたら隣の子と答えはまんま一緒になるはずだ。この年の子供に、答えを一部だけ写すという狡猾(こうかつ)さはありえない。

それでも担任は頭に血を上らせたまま鼻息荒くまくし立てるばかりだ。うんざりするのもあきあきした。

陰鬱な瞳で、全てを聞き流すことにした。毎度毎度同じことばかり話して、彼女は結果を責めることしかせず対策に論を講じない。

はあ。

そう言えばまた怒鳴られた。黒い。黒黒。世界はモノクロだ。黒ばかり。何もかも塗りつぶす。染め抜いた漆黒（しっこく）。

早く音楽室に行きたかった。あの黄ばんだ、少しの黒の合間に挟まる白、弾けばそのキャンバスに美妙な色を描き出す十二色の音。汚い世界で唯一輝く、掃き溜めの虹。流れる水の神代（かみよ）も聞かぬ川の水面のような。

「まあ、今日はこんなところにしといてあげるけど」

「………」

その音だけを耳に聞き取って私はついに走り出した。ランドセルを勢いで背負う。遠心力でふっとびながら階段を駆け上がった。階下からの走るなという怒声は聴かない。私は一目散に音楽室を目指した。

防音扉をぎっと開けると電気が点いていた。

しまった。音楽教師が残っていたか。

慌てて気づかれないように去ろうとしたが、ピアノから綺麗な音が聴こえたのでつい足を止めて中に体を滑り込ませる。音楽教師はこんな丸い音色を出さない。もっと叩くような音だから、この丸いのは音楽教師じゃない。

しかも聴こえる音は、レ、レ♯、ミ、ソ、ソ♭、ソ♯、オクターブ上がってソ♯、ラ、下がってラ、基準のド♯、ド、また上がってレ♭。滑らかにひと回りする流れのグラデーション。

十二色相環。

私は思わずそう呟いた。するとピアノの席に座っていた人が手を止めて顔を上げた。

「キミも、共感覚もってんの」

少し橙色の混じった声だった。顔を上げたのはまだ大人になりきらない少女だった。あまり見慣れない中学部の白いブラウスを着ていて、はしたなく開いた脚を短いプリーツが覆っている。なんとか目を向けられたのはそこに格好つかないジャージを穿いていたからか。紺色に赤のラインが一本入ったジャージのズボン。

少女は荒い口調で私に投げかけると檸檬色の瞳でこちらを見た。

「きょう……？」

「あ？　知らねーの？」

片眉を上げる。私は首を振り、ピアノのほうに少し寄った。黄色いレの音の鍵盤に彼女の細長い雪白の指はかけられている。

「キミ今色相環っつったよね」

「言った、けど」

少女はぴょいと黒い椅子から飛び降りて私のもとまですたすた歩いてきた。彼女は私の知る六年生よりも背が高い。見上げていれば彼女は腰を落としてしゃがみ込む。目の前に秀麗な顔が映った。切れ長の黒い瞳と、すっとした鼻梁が目立つ、白い肌の少女だった。

少女は私の顔をじろじろ凝視して、囁く。

「音に、色が見えるっしょ？　私はそうなんだけどさ」

「み、……」

相変わらず深い瞳が私を呑み込む。私は息を吸って、吐いて、音を出した。蚊の鳴くような声が出た。

「見える」

「そか」

すると少女はあろうことか、真っ白な歯を見せて唇を引いてニイと笑った。私は驚いてその檸檬色の瞳を見る。

「共感覚ってんだ、それ」

「きょう、かんかく」

「そ！」

白い指がチョークを手に取る。ピアノの横の黒板にカツカツと角ばった字が刻まれていく。共感覚、と彼女は書いた。共は読める。感覚、も見たことがある。共感覚。

「へへ、これなぁ、んー、例えば、音に色が見えたり、その逆だったり、数字が色だとか、見た目が図形だとか……」

「それ僕だ」

「だろぉ？」

少女は笑う。笑うと口の端にしわがよった。ぴかぴかした笑みだ。

彼女のチョークは黒板を躍る。

「そんでだな、……キミいくつ？」

「僕？　八歳。今年の冬で九歳」

「ああー……小学部三年かな？」

「そう」

なら、少しむずいなーと少女は頭を掻く。難しくていいから教えてよと私は言う。少女はちらと私を見ると、描きかけの図を再開した。

彼女が描いたのは人の横から見た頭と、目と、外側からの矢印だった。矢印の横には音符が描いてある。

「見ろ少年……これが何を示してるかわかる？」

少女の戯けた調子に、しかし私は首を傾げるしかない。音符が、人の頭に、矢印と共に突き刺さっている。

「……音を、聴いた？」

「ザッツライト！　そうだな、まあ音符だけじゃなく色とか数字とかなんでもいいけどまあここでは音符を例にして進めますよ。これは刺激ってやつ」

「刺激？」

「そーそー。刺激。知ってるかな？」

「うーんと、刺激が強いってよく言うよね」

私が捻り出して言うと少女はにんまりした。

「そう、そう。刺激が強い」

それからチョークで矢印を方向通りになぞって音符を脳味噌の方へ届ける。

「我々人間が……」

なんだかエライ大学の先生みたいに話し出すものだから、思わず吹き出した。しまったと思って顔を上げても目の前の少女はさっきからのニマニマを全く崩していない。それどころかどこか嬉しそうにしてやったりガオだ。私も笑みをそのままにしておいた。頬が痛い。

「我々人間が音を認識できるのはなぜだろうか？　音が聴こえるのが当たり前ってわけじゃない」

「耳があるから？」

「耳がくっついてても、生まれつき聴こえない人もいるだろ。病気で聴こえなくなることもある。まあそこは問題じゃないが、音ってのは空気をぶるぶるさせながら私らの耳の中にあるうすーーい膜……」

「こまく？」

「お、知ってるか。それをね、振動させる訳だ。まあ水溜まりと雨を思い出してみればそんな感じ。あの振動を信号にして私たちの脳に神経が届けるんだ。……今までのとこでわからないことは？」

ふんぞりかえって黒い椅子に座る少女は得意顔でいる。しかし私にはなかなか理解がしづらかった。さて、わからないことはかなりあるが。

「振動、を、信号？　信号機？」

「ああ、信号がわかんないのか……小三てむずいな。……信号ってえのは……サイン？　指示……指示だな。今私の耳にはこんな音が届いてるんだぞーてサインを送って、脳にそれを認識させる指示を送るんだ」

「サインなんてどう送るの？」

ち、ち、ち、と時計の針の進む音がする。僅かな夕日が部屋に差し込み、目の前の彼女の横顔をくっきりと色分けている。

「あー……、神経だよ」

「あー、…………神経か」

なんとなく聞いたことある名前だ。確か体の中に沢山ある何かだったような気がする。なんとか神経がどうの、というのは時たまテレビで見た。それがなんなのかはよくわからないにしても、

「あーれでしょ、なんか、ないと色々体調悪くなるみたいな」

少女は苦笑してまあ、と頷く。

「神経やられちゃうと目とか見えなくなったり、耳聴こえなくなったり、まあ色々大変よ。それが神経って訳だ。なんでそうなるかって、ほらさ、神経がサインを送ってんのにそれが動かなくなったら体も動かないだろ。まあつまりそーゆーことなんだけど今言いてえのはそこじゃなくてだな」

少女は髪を乱してばりばりと頭を掻き毟る。私はその頭頂部を黙って見つめた。さらりとした髪は雑に扱っても絡まらず、頭垢すらない。艶のある黒い筋だけが空を切った。

「んん、つまり神経ってのは外からの刺激を私らに伝えるって訳だがここで問題なのは私たち共感覚の持ち主たちの神経はより刺激を強く受け取ってしまうということだなー」

「強く？　でもさ、でもでも、そしたらあれじゃない？　音が人より大きく聴こえるだけじゃない？　色なんて見えないんじゃない？」

「私だって詳しくは知らねーよ。脳味噌のことは高校で詳しくやるんだ」

それでも少女は諦めずチョークをかりかりと押し付けて絵を紡ぐ。今度はたぶん、脳味噌だった。赤いチョークが右往左往する。

「これ、脳。なんか知らねえけど、私らは人よりどっか……どこだ……まあどっかしらがめっちゃ反応してる訳。そしたらさ、ひとつの刺激に対していくつもの応答を敏感に感じ取れるじゃん」

「……はあ」

難しかったがいくつか謎は解けた。簡単に言えば、私一人ではないということだ。それがなんだか胸の底からぐわりとなにかが溢れ出てくるような、……そんな感じがした。

「少年」

「少年？」

少女の凜乎とした声が耳に届く。檸檬色の光線のような、真っ直ぐな音だ。

「そうだ少年。お前なにが共感覚なんだっけ？」

「僕？　音が色と、色が音と、」

「うん、それは私も一緒だな」

「それから数字が色」

「ふうん？　それは興味深い。私は数字はなんともねえの。音と色だけ。大抵みんなそうらしいよ。色聴ってんだ」

「それと、人が色に見えるし、名前も色になる、から、人の名前覚えるの苦手」

「……なるほど。だがなー、私もそうだな。いや共感覚はそこにはねーけど、根本的に人の名前覚えんの苦手だ」

　カラリと笑った。

「てなわけで、どうせ名前聞いても覚えらんないし、キミのこと少年って呼ぶわ」

　また涼やかな声だ。私はなんの気無しに頷いた。流れのままにそうして、それからふと考える。

「そんなら、僕もあなたのこと『檸檬先生』って呼んでもいい？」

　少女はしばし黙り、それから大口を開けて笑った。並びのいい歯がきらりと光る。唾が飛んでくるので私は眉を顰め顔を拭(ぬぐ)った。彼女は脚をばたばたとさせて腹を抱えている。なにがそんなに面白いものか、てんで見当もつかぬのであった。

「ああーいいな、それ、いい。そんならそう呼んでよ、少年」

　白い夕日が音楽室に射す。黒塗りのピアノは筋を残して煌(きら)めいた。檸檬の匂い。

「うん。檸檬先生」

　檸檬先生は鼻の下を人差し指で擦った。

「人と話すの久しぶりだ。私、みんなに嫌われてるから喋るやついねぇんだよ。へへ」

首を傾げる。先生はまた笑ったけど今度は微笑みだった。その笑みは清涼感のある透明な檸檬色で、私はそれを何も言わずに見つめていた。

「しっかしまあ本当にこいつは厄介だね」

檸檬先生はピアノの蓋をシーソーみたいにぎっこんばったんする。実際にはシーソーで遊んだことがないからよくわからないけれど、そう見える。艶々の蓋が身体を反らして戻して。

漸く蓋を上に固定した先生はまた鍵盤に手を添える。先生の指がその上を引っ掻くかのように滑った。

弾けるような和音から始まって、唐突にまるでグリッサンドのような速さで下がっていく。また和音で上がって、それからまた下がる。有名な曲だったと思う。だけど、変な動きで上がり下がりする色が濁った泥水みたいな模様を作って、気持ち悪い。

聴きはじめてすぐに私は顔を歪めた。しかし檸檬先生は私が何か文句を言う前にさっさと弾くのをやめてしまった。本当に、曲が始まってもないくらいだけど、もう私の脳はぐわぐわと揺れていて、先生も唇の端をぐっと下げている。

「聴いたかよ。このべちゃべちゃの、黒になりきらないオイルみたいな色。きっしょ」

苦虫を噛み潰すと、きっとこんな顔になる。いーっと歯を剝き出した先生は鍵盤に対して憎悪の表情だ。

「だけど人はさ、これがいい曲だってんだよ。わっけわかんねー。……でもさ、それが私たちなんだよな」

先生は部屋の照明を切った。窓から微妙な薄さの太陽光だけが射し込み、教室は至極寒い。灰色めいた薄茶色の、泥臭い音楽室。

「ピアノなんてそっこうやめたよ。こんなん私には理解できねえし」

そうだろう？　……と先生はこちらを見るけど、私は頷けないでいた。先生の弾いた曲は私でも知っているし、聴いただけで自分の指が絡まりそうな曲だった。難しいということはすぐわかる。

「普通はね、共感覚なんて関係ないんだよ。私たちの生活に支障があるようなもんじゃねえのに。な」

先生は、どこか言い聞かすみたいだった。誰に対して言っているのかはわからなかった。がたん、とピアノを閉じる。黒い屋根に日が落ちる。

「少年は帰らなくていいの」

「帰りたくない」

「学校好きなのお前」

少し軽蔑したような響きがあった。刺のあるその言葉に私は即座に首を振った。

「嫌い。家も学校も嫌いだよ。家に帰るのも辛いし、でもクラスにいるのもやだ」

「そう」

檸檬先生は髪を揺らした。

ピアノを徒(いたずら)になぞりながら、歪(いびつ)な体重移動をして片足に重心をかける。骨盤に響きそうな姿勢だった。あまり似合ってはいない。

「私も学校嫌い。でも来なきゃダメだよ。子供らのギムだからね」

「ぎむ」

「そうしなきゃいけないってお国が決めたんだよ。それが子供の教育には欠かせないんだからさ。だから学校は嫌でも来なくちゃあな。ま、中学までだよ」

それまでの辛抱だ。私はあと一年、少年は七年。

そう言われると途方もなく長い時間のような気がした。一日一日は短い。取り止めもなく過ぎていく。しかし一日が取り留めないからこそ、積み重なった一年は非常に長い。誰とも話さずただ生きるだけで過ぎ去っていく日々はとてもつまらないものだった。

どうしようもない暗闇だ。

檸檬先生はかつりとローファーのかかとを鳴らした。黒い光の射している靴は毎日磨いているかのようにぴかぴかとしている。

「ま、帰りな。今日は音楽教師のやつ、すぐ帰ってくるぞ」

「え」

「今日ブラバンかなんかのやつがなんか頼み事してたからなー。音楽室の開放でもすんじゃねえの。二年はここにいちゃあダメだろ」

「三年だよ！」

憤慨すれば冗談、と彼女は白い歯を見せた。輝く前歯は非常に綺麗に並び立っている。

日が傾いていく。チャイムが一度間延びして鳴った。

「私もあいつが来る前に小学部から脱出しなきゃなあ。なんで今日にかぎって」

頭をぼりぼり掻いてぼやく。私はつっと顔をそっぽむけてランドセルを背負った。よれよれの服に更にしわが寄る。爪先をこんこんと床に打ち付けて上履きを履き整えると、重い扉に両手をついた。

「んー！」

力を入れる。ぎ、ぎ、ぎ、と少しずつ開く。背後で笑う声がした。頬に血が上る。しかしその熱は一瞬で冷めた。ふっと扉が軽くなる。身体が前に傾いて足が宙を彷徨(さまよ)った。真上に檸檬先生のシャープな顎の線と高い鼻先が見えた。

「こういうのはね、オトナに頼りなさいよちびすけ」

屈められた顔が近づき、頬に彼女の息がかかって、私は目を白黒させる。耳にかけてあった彼女の黒髪がつとこちらに垂れた。もう一度それを後ろにやる仕草を間近にただ見つめる。

「ちびじゃないし」

そう言って強がってみたが、声は小さかったと思う。困惑のままに大人の女性を眺めていた。檸檬先生はすうっと背筋を伸ばして後ろにひょいと退くと、大雑把に口を開いて笑った。

「そーゆーとこがちびなんだよばあーか」

カチンときた。閉まりかけていた扉を乱雑な体当たりで開け放つと私は一目散に駆け出した。脳裏には少女の爆発したような笑顔が焼き付いている。全くもってシツレイな人！　しかしそんな気持ちになるのは初めてだった。こんな振り回されている。私は笑んだ。笑みのまま走った。

3

「だから、私だって、こんな、わかんないよ」

家に帰って一番に飛び込んできたのはそんな台詞だった。いつものように鍵を開けてひとり中に入った私は、リビングの隅っこで座り込んでいる母を見た。背中を向けている母は私には全く気づかないでしきりに耳元の受話器に叫んでいる。

「しかたないじゃん。やめろって言われても、そしたら野垂れ死ぬだけだよ」

酷く激昂していた。受話器を持つ指が、力の込めすぎにより青白くしわを寄せている。

リビングはカーペットと母しかいない。ただ広漠としている。少し前まであった小さなテレビと、それを置くための木の台も気づいたら消えていた。いつしかアイロンも売られるのだろう。電話だけは部屋の隅にこぢんまりと収まっている。白いボディが色あせ黄ばんでいた。

電話の相手も声を荒らげているようだった。静かな部屋だけに、相手の声まで響いている。

うがいをしなければ怒られるけれど、私はそのまま二階に上がった。

父のアトリエの前を素通りして、その奥の物置のような小さな部屋に閉じこもった。

電話の相手はたぶん、祖母だ。もう何年も会っていないからはっきりと断言できるわけではなかったが、がさついたその中にどこか透明感のある音は母にそっくりだ。声こそ老婆じみているものの、最後に会った彼女は真っ黒な髪が艶やかに輝き、しみもしわも少ない頬に笑窪を浮かべて笑っていた。つるりとした素材の長いスカートの裾を摑んだ記憶は鮮明にある。しかし妙に難しいことばかり言ってくるので少しばかり苦手な部類だ。

祖母は母に随分きつくあたる。実の娘だからまあそんなものか、と私は思っていた。逆に父の私へのべったり具合は些か疑問なほどだったが、長らく家を空けて帰ってくる者など皆そうなのだろうと放っていた。解決しようのない疑問に頭を悩ませる必要などない。

物置の壁裏には父がひっそりと隠し置いている小物……言ってしまえばガラクタ……がいくつか残っている。しょうもないものしかないのだが、母はこの物置の奥深くまで漁ることはあまりしないからまだ売りには出されていない。どうせ出されても二足三文にしかならないだろう。

そんなつまらないものだらけの父の所持品の中でも、子供心に興味を惹かれるものはあった。

例えば、ブラシタイプのカラーペン。透明なプラケースの中に並ぶそのカラフルなペンたちは、あまり使われていないのか先っちょはまだ潤いがある。ケースの中にぎゅうぎゅうに入っていると音が混じって気持ちが悪いのだが、一本一本を取り出して眺めて、ペン先を薄暗い照明に翳して、スケッチブックの一角に正方形状に塗り付けるのは好きだった。

むらになりやすいインク、しかし綺麗に塗ると一気にそれは美しい単音となる。横にもう一個正方形をおけばハーモニーに、コードのようなものを作るのもお手の物だった。故にそのスケッチブックの中身は見るも無残な色合いであったが、それが私の中の美であった。

無心になってそればかりをしていれば、何もかもが私でなくなる。膝をついた床も、籠った空気も全てが私の管轄外だ。何も気にせずともよい。この時だけは好きに。

埃がぶわりと舞う。薄い後光に白く舞う。スケッチブックの上で、音が躍る。混ざり合って、溶け合った。


青、赤、黄色。ぐるぐる周りを回る。私は撥ね除けることもしないでただ下を向いていた。ただ茶色の木の机上で、握った手を眺める。手は白い。しわはないがつやもない。丸めた指先に小さな爪が付いていて、その中に泥が少し挟まっている。柔らかさはあまりない、骨のような指だ。

青、赤、黄色。ぐるぐる周りを回る。回るだけの三人の子供らは、私に暴力を振るおうだとか、そういうことは思わないらしい。

まあ、それもそうかと一人で納得する。

「色ボケ」

「色ボケ」

「色ボケぇ！」

手元の算数のプリントを握り潰してしまいたい衝動に駆られた。

春の日差しが照りつける教室は、前後二つの扉を閉め切っているために熱気が籠り息苦しい。一つ大きく息を吸って吐いて、私はさらに下を向いた。

目の前の紙切れの中では色たちが軽やかに躍っている。私の幼稚で汚い字で、それでも順序よく並んでいる。それの何がいけないというのだ。わからないから説明してほしい。教師もただ呆(あき)れたようにこちらを一瞥するだけに終わった。休み時間は五分間。彼女は既に次の教科の準備に入っている。

いつもの光景かもしれない。

私はプリントと教科書をランドセルに入れた。それからぱっと立ち上がり、少年たちを避けて教室を出る。ランドセルは背中にのしかかるけれど、少し気持ちは軽かった。

教室の方から教師が何かどなりつけてきたような気がしたが、気にする必要もない。私が教室にいてもいなくても、誰にも関係ない。

六時間目に入った校舎内は随分静かで、廊下は誰も歩いていない。ロッカーの、秩序を保って並ぶランドセルは、黒光りするその丸い面を全て私に向けている。それが一斉に飛んできそうな気がした。

階段をゆっくり一段ずつ上る。踊り場の窓は高い位置にあるので、青い空を隠す灰色の雲しか私には見えない。

上り切ったその先の、重い扉の向こうは暗かった。六時間目は授業がないのだろうか。出しっぱなしの鉄琴の上にマレットがばらばらに放置されている。隣の準備室側の扉に回ってみたが、こちらも電気は点いていない。

頬が緩んだ。

ぱたぱたと走って音楽室側の扉に戻ると、今度は電気が点いている。

なぜ？　先程まで暗かったはずだ。見間違いではない。音楽教師が帰ってきたのだろうか。授業がないようなのでもう外に出ているのかと勝手に思い込んだが、流石(さすが)にそれはなかった？

肩を落として回れ右をしたとき不意に後ろから肩を摑まれた。

「ぎゃっ」

しまった。見つかった？

がっしりと強く肩に食い込んでくる指だけを見る。しかしその指はあの中年にしては細すぎで、また白すぎで、そして見覚えのあるものだった。

びっくりした顔を隠せないまま振り返る。そこに立っていたのはやはり、

「檸檬先生……」

「へへへー、驚いてやんの」

にやにやの笑みを抑えられない彼女は私の顔をいやらしく覗き込む。肩にかかった細い指はすす、と私の頬にまわる。ぶにぶにとつつかれるとなんだか急に気恥ずかしくなった。

「やめてよ」

手を払い除けて正面から向き合っても、檸檬先生は機嫌が良さそうだった。

「先生なんでここにいるの？　中学部の授業は？」

「少年だって、今授業中だろ。おんなじじゃん」

檸檬先生はけらけら笑った。赤い扉を開けて中に入る。私も後に続いた。

よく換気がしてある室内は心地よい。楽器の管理に繊細に気を配らねばならないのだろ

う。にしては片付けは雑なようだが。

檸檬先生は教室の椅子を乱雑に引っ張り出してどっかり座った。私はその前に立って彼女の顔を見つめる。

「あの音楽教師のやつさ、午後は授業ないから大抵職員室にいんだよ。中学部の方は音楽教師こんな緩くないしなー」

彼女の手提げ鞄はぱんぱんに膨らんでいた。それも同じようにどっかり隣の椅子に置く。古い木の椅子は軋んだ。何もそんな古臭い椅子を選んで置かなくてもよかったのに。

少し迷って年季の入った椅子を選んで座った。ランドセルを膝に抱えて、ただ先生を眺める。見られていることに暫く気がつかない檸檬先生は、唇を突き出してひゅいーひゅいーと隙間風のような薄ら寒い音を出していた。旋律を奏でるでもなく、とてつもなく格好の悪い口笛もどきで、私は眉をぎゅっと寄せてそれを聴く。

唇を窄めると彼女の頬は滑らかな丸みを見せた。輪郭線から中心にかけてだんだんとくぼみ、その先に桜色の膨らみ。

「暇だねー。なんかして遊ぼーよ。少年、なんか持ってないの」

「なんか？」

言われるがままにランドセルの蓋を開けた。教科書を詰め込んでいるその中に、昨日なんとなく入れてしまったスケッチブックがあった。それを徐に取り出す。

「スケッチブックじゃん」

「うん。パパの」

「おやじさん？　おやじさん絵ぇ描くのか」

「うん。パパは芸術家なんだって」

「へえ」

凄いじゃん、と言った檸檬先生に、私はゆっくりと首を振る。「すごくないよ」

「すごくない。パパは家にいないし、お金も持ってないし」

「金？　だってお前、ここ私立だし……金くらいあるっしょ」

「ない」

きっぱり言い切ると、檸檬先生は乗り出していた上体を元に戻し、唇を真横に引きむすんだ。

音楽室の壁は靴の跡がついていて下の方が少し汚れている。低学年の使う第一音楽室だ。

「パパはお金稼がないからママが毎日一日中働いてんだ」

「一日中働くなんてあり得ないじゃん。どんな仕事だよ。道路工事？」

鼻で笑うように言ったのは、それが完全に的外れで馬鹿な質問だとわかっていたからであろう。私はそっと母の顔を思い出した。

昔はママ友から美人美人と言われちやほやされていた母。今は頬がこけている。それでも美しいことに変わりはないのだが、前々からずっと母のことを見つめ続けていた私にしてみれば、なんだか今の母はゾンビみたいで怖かった。

「ママは、……よくわかんないけど、昼間と夜に仕事」

「夜？　あー」

檸檬先生はそっか、と言って私からスケッチブックを奪い取る。

「ねえペンとかねえの？　クーピーとか三年なら持ってるでしょ」

「クーピーはお道具箱に入れてるから持ってないって。コピックならある」

「え、コピック持ち歩いてんのお前」

ブラシペンをいくつか入れている。筆箱に入れているとぶん回されてインク漏れするかもしれないと危惧して、小さなポーチに入れて十本ほど持っていた。

私がポーチを取り出そうとランドセルをひっくり返している間にも檸檬先生はスケッチブックをぱらぱら勝手にめくって中を見ていた。

「わ、めっちゃキレイじゃん。何これ」

「和音」

誰かに見られれば大抵汚い色だと言われる。なんだか面白くなった。

「あーいい！　いいじゃんか少年！　そかそか、少年もこれできんのかー。これ、共感覚使ったアートでしょ」

「アート？」

つい手を止める。檸檬色とばちりと目が合った。それがすっと細められて目を逸らす。

「これって、アート？　なの？」

「アートだよ」

先生は立ち上がる。意味もなく私の周りを回る。ゆったりとした歩みだった。

「アートってのは、作った人がアートだって言ったら、それでアートなの。理解？」

「んー……？」

取り敢えず頷いておいた。それはきっと先生には気付かれていたけれど、先生はやっぱり笑うだけだった。

「私も、共感覚アートやってんだ。今度見せたげるよ。今日は持ってきてねぇから無理だけど」

「じゃ、今日どうするの」

「宿題やんなきゃなー」

への字口にしたけれど、先生は手提げ鞄をいじることはしない。本当はやる気などないのである。投げ出された脚に今日はジャージを穿いていない。真っ白な脚は細木のようで、靴下を身につけず直接靴を履いているようだった。私は目を離した。

「少年、宿題は？」

「ある。算数と漢字のドリル」

「いやー、大変ね小学生」

はっはっは。ばしばしと背中を叩かれると骨に響いて痛い。身を捩ってもなおはたかれた。

「少年はじゃー宿題でもやっててくれ。私はそれをただ見てるよ」

「はー？」

私はつい笑みをこぼした。机に算数のドリルを出し、筆箱から木の鉛筆を取り出す。広げたティッシュの上で削る。カッターの刃をきりり、と出すが、白刃はもう粉で黒くなってしまっている。そろそろ折らなければならないか。くるりと表を見て裏を見て、それから鉛筆の剝き出しの木のところに刃を当てると、檸檬先生は耐えきれないといったように声を上げた。

「ちょーい！」

「なに」

刃を一回しまって顔をあげれば思いの外近くで目が合った。一寸、身を引く。

「いやいやいやいや、……カッターで？　カッターで削る？」

「鉛筆削り持ってないし」

「あ、……あぁ、そっか」

鉛筆削りが別に高いとかそういう訳ではないが、私は随分前からカッターだった。父に教わったような気もしなくはない。

鉛筆の歪な錐に刃を沿わせ向こうに滑らせる。しゅ、と木の屑と黒く細かい粉が散る。やわこいBの鉛筆は、H系の鉛筆と比べるとすぐにぺっけり折れてしまう。優しく、撫でるようにするんだよ、と頭の奥で声が響く。

ドリルは計算がいっぱいだ。九九のかけ算の復習。新しい範囲のための二年生の復習。

「ほー、九九かあ。なっつかしー」

檸檬先生の呟きを気に留めず最初の問題を解き始める。

五かける六。赤と緑だ。前に赤シートで緑色の文字を読んだことがある。黒くなった。赤と緑を混ぜると黒になるのだ。私は知っている。しかし現象として知っていても、如何にも不思議な気持ちだった。トマトの日の光をこめた鮮やかな赤と、ピーマンの静かで直向(ひたむ)きな緑。どちらも輝きを持っているのに混ぜると飲み込むような黒なの？

黒はゼロ。全ての始まりの数字のこれも、実は発見されたのは意外と新しいらしい。始まりから始まらないのもなんだか人間らしくて私は好きだった。

ゼロ。大きく丸印をイコールの横に書けば先生の指がドリルに吹っ飛んでくる。

「しょーおおねんー！　それは三が足りないぞぉ」

「……さん」

知ってる。わかってる。五と六をかけたら三十になるという事実は知っている。ゼロの左横にすんなり3の数字が入る。

「わかってんじゃん、なんでこれゼロになったんじゃい」

「なんで？　だって……」

当たり前のように口を開いた私はすらすらと考えを紡いでいく。

「五は赤、六は緑だから、黒になって、黒はゼロじゃん」

檸檬先生は私の顔をじっと見つめてきた。先生は檸檬色の目をしている。透明で水彩絵の具みたいな色。その瞳が私の黒い瞳を貫く。

「少年、共感覚が全て正しい訳じゃないよ」

静かな声だ。だからより真っ直ぐに耳にすんなりと入り込む。絵の具が画用紙に染み込んでいくように、歪んだ放射状にふわりと、その言葉は着地した。

「わかるよ、わかるって。でも、さ、ほら、」

三十だ。三十なんだけど、ゼロなんだ。色が、私を引きずっている。暗記したはずの計算が、色に混ざる。わからなくなる。

檸檬先生の指は私の筆箱から一本赤色鉛筆を搦め捕り、ドリルに挟まっていた何かのプリントの裏紙にさらさら文字を書いていく。

「授業は聞いてるの？」

「聞いてるよ」

「そう」

檸檬先生は笑っていなかったけど、別段怒った顔でもなかった。何を考えているかわからない真顔だったけど、怖くはない。担任教師の馬鹿っぽい怒り声の方がよほどおぞましく感じる。

先生は丁寧にボールを五個描いて、それを円で囲んだ。

「かけるってのは、それがいくつあるか表す。ここにリンゴが五個あるだろ」

「それリンゴなの」

「リンゴだよ！　で、これカゴ一個にリンゴが五個入ってんだ。同じようなカゴが六個あんだよ、かける六ってのはさ」

檸檬先生はボールを描き足していく。円が六個、その中にそれぞれボールが五個。

「これがリンゴ五個かける六だ。少年、答えはこの絵の中にリ・ン・ゴが何個あるかだよ。数えてごらん」

「いち、に、さん、し、ご」

順に数えていく。カゴ一つにつきボールが五個ずつ足されていく。二個目のカゴでボールは十個。三個目のカゴで十五、二十、二十五、

「三十？」

「そう。五かける六は三十だ。じゃあ少年、五足す六はどうしてんの？」

「五足す六は……十一になるんでしょう？」

「うん、そう。それも色に引っ張られてるね？」

足し算はもっと簡単だから、と先生はプリントの下のほうにまた五個ボールを描く。そして間を開けて六個。

「足し算はそのまま、足すだけ。混ぜんじゃないんだ、五個あって、こっちに六個あって、がっしゃん！　で、全部数えてごらんよ。十一個だろ」

「十一だ……」

信じられない気持ちでそれを見る。色が、離れていく。画面に定着したポスターカラーが、ベリベリカッターで削られていくような感覚。

「例題を解かないからわからないんだよ。出したげる。例えば、一箱五枚入りのクッキーがあります。六箱買いました。クッキーは全部で何枚？　立式しな」

私はドリルの隅っこに鉛筆を立てる。袋に五枚。それが六箱。五が、六個。

「五かける六」

「そうだ。答えはさっきの通り、三十枚。じゃあ今度はこんな例題。……みかんが家に五個あります。更に新しく六個買ってきました。家にみかんは今何個？　ちなみに誰も食べてな

「これは、五個に六個を足してるから、五足す六、十……一」

そうだよ。

低く呟いて、頭を撫でられた。柔らかく、先生の手が私の頭を掻き撫でる。微かな重力を感じた。ぶわりと桜が舞ったみたいだった。

「クッキーの箱がたくさんあればクッキーは増えるし、みかんを新しく買ったなら、食わない限りなくなることはない。原理がわかればあとは簡単だ。かけ算九九はとにかく暗記すること。まあ見たところ覚えてはいるらしいけど。テストでいちいち数えてらんないからね、九九は暗記！　一桁足す一桁の計算はとりあえずは練習しまくることだ。指折り数えてもよし。やってけば自然にすらすら出てくるようになる……これもいわば暗記か。いいね？　じゃあ足し算引き算やってみようか」

先生はごほん、とひとつ咳払いをした。私も真似て咳払いをする。

「一足す一は二」

「一足す一は二」

「一足す二は三」

「一足す二は三」

檸檬先生はそれを目をつぶって歌い上げていく。滑らかな旋律だった。私はついていくのに必死で、でも辛いとは思わなかった。

真面目にゆっくり、丹念に何回も同じことを言い繰り返して、一回休憩しようかと先生が言ったのはちょうど六時間目終了のチャイムが鳴った時だった。

窓の外はまだまだ明るい。向かいにある建物が日向にあって赤茶色で健康的な色をしている。

「どう？　結構覚えたんじゃね？」

「うん。そしたら僕きっと『色ボケ』って言われなくなるよ！」

「えー色ボケぇ？　そんな風に呼ばれてんの？　めっちゃうけるなそれー」

「やめてよ、ベッショーてやつでしょ」

「っはは、まあ、子供が子供に言う分にはなー……どうだろうなあ」

先生は両手に顎を載せて楽しそうだ。ぶらぶらと足を動かしているもんだからローファーがたまに私の上履きの靴底に当たる。

「クラスに馴染めるかどーかはわかんないけどさ、少年がハブられてんの、それだけが理由じゃないでしょ」

「う……」

言い返したいけれど、確かにそれだけではない。例えば人の名前を覚えないで間違えるだとか、音楽も図工もできない、騒がしいところでは気分が悪くなるし、何よりも。

「いいんだよ他の奴らなんてさ。それよりはまずうちらはギムをまっとうするべきなんだ」

「そっか、そうだった」

「お前色々だめだよねー。特殊な共感覚だよな。全部色ってさー、気持ち悪ィよなあ」

そうだな、音があって色があって。

檸檬先生は目を伏せ、くるりと髪を一束捻る。

「運動会……にちゃんと参加しようや」

「運動会」

「そうそう。運動会っつったら装飾にＢＧＭに、喧騒に、とにかく派手じゃん。組で協力ーとかあるし。そこまず第一目標にしよう」

4

次の日の体育の授業からはもう既に運動会の練習が始まる。運動会は六月半ば。四月末、スポーツテストの終わった小学生は皆一目散に運動会ムードだ。小学三年生の私はかけっことダンスと学年種目がある。運動は苦手ではない。スポーツテストは一年生、二年生とＢの判定を取っている。このままいけばきっと足を引っ張ることもないだろう。その点では少なからず安心していた。ただクラスメイトと協力するというのは初めての試みだった。一年生の頃からこの時期の体育は休みがちで、運動会そのものに参加したことはない。実際のその場がどのようなものなのかまったく想像もつかないから、気を緩めてはいられない。

担任のモデルダンスを流し見ながら頭の中で足し算引き算を繰り返す。

（五足す七は、十二。五足す八は十三）

随分頭に入ったものだ。算数で間違えることはなくなってきたがそろそろ九九の範囲を抜けて新しい分野に入ってしまう。それまでに完璧にしたかった。

ダンスの曲はなるべく耳に入れないように手で塞いで脳内のカウントと前の列の子の動きだけで必死に踊りを覚えた。

（八足す三は十一、八足す四は、十二……）

ピイーッというけたたましいホイッスルだけは手の壁を越えて聞こえる。集合の合図だ。急ぎ耳から手を離し他のみんなが向かう先に向かう。

「オーケーでーす。一日に詰め込みすぎても覚えられないから今日はここまでね。各自覚えておきましょう。それで今日は残りの時間で台風の目の練習をしましょうね」

担任は赤と白の棒を持ちあげて軽く振る。聞いたことのない競技名だ。台風といえば、夏に日本を襲いくるあの嵐のことだろう。それが台風で、気象予報の中で見える真ん中の黒い点が台風の目だ。

目、一個だけなんだ。かつてぽつりと呟いたその言葉は誰にも拾われずリビングのカーペットに吸い込まれていった。今ではそこにあった小さな黄ばんだテレビすらどこかへ行ってしまって台風の目なんて見もしないけれど。

「みんな去年とか一昨年とか三年生がやってるの見たから知ってると思うけどー」

ざっくりとした説明を聞いていくうちになんとなくわかってきた。四人くらいのグループであの棒を使って台風を再現するのだ。その速さを競う。

（目の必要はあるのかな……）

幼い私は面白さのかけらもないそのゲームにケチをつける。知りもしないクラスメイトと力を合わせるということに抵抗があったのだ。なんだかつまらない。またかけ算の一の段に戻って口の中でいんなながなな、と呟く。

既に紅白の組分けは済んでいた。選抜リレーの選手を選ぶ関係上担任教師が機械的に決めたようである。私は赤組だった。赤。帽子を赤色の向きにする。同じ組の中から背の順で振り分けられたら、私は一番最初の組の一番左端だった。この競技で端っこは大変だ。余分に走るし、もう片方の端の人との協力が大事だと言う。

「じゃあみんな準備して。ゆっくりよ、今日は競走じゃないからね」

そっと棒を持ち上げる。なるほど、一人で持つには随分重い。赤い棒はコルクのような見た目をしているくせにずっしりと手に重力を圧しかけてくる。

校庭の芝生は薄い緑色だ。人工芝は合間合間に細かな砂が混じっている。

担任のやる気のない「よういはじめ」で私は一気に棒に引っ張られた。掴んでいた手と、それに連結した腕だけが前に行く。トルソーを意識するランナーのように、吊り上げられて上体も前に倒れ込み、つんのめった体に脚は追いつかなかった。

目の前に赤い棒が迫り、膝に熱がぶわりと広がる。じ、と砂がぶつかり合う。ごちんと額が棒に当たった。割れるかと思うほど痛かった。火で炙（あぶ）られ続けているかのように熱い膝は再び立ち上がろうとはしない。

そんな私を気にもせず、同じグループの子供らは引きずったそのままに先へ先へと進もうとした。ぐらつく視界を、何度かの瞬きで立て直し私は膝を少し浮かせて棒の助けを借りて体を起こした。隣の子が走りながらちらりとこちらを見た。眉が寄っていた。私は無表情に前を向いた。

ろくなことがない。クラスにいたって。皆私を笑いたいのだろう。

担任はこちらの方は全く見ず、白組の台風の目を見て薄ら笑いを浮かべていた。

　太陽は熱い。


「七足す八」

「七、はち、……十五」

音楽室の椅子は冷えている。まだ五月前、春の日差しは暖かいとはいえ丸い日の光はあまり音楽室の奥の方までは届かない。扉付近は底冷えだ。

檸檬先生がじっとして真顔になっていると、なんだか滑稽(こっけい)でむずむずした。椅子同士で向かい合った状態で座っているのに先生は長ったらしい脚を行儀悪く投げ出しているから私はとても窮屈だった。つぎはぎの麻布のズボンがじりじりと痛い。折り曲げると傷口が広がった気がした。

「九引く二?」

「七」

「そうだよ」

覚えてんじゃん。先生がフランクに笑う。それで漸く肩の力を抜いた。衣擦(きぬず)れの音がして、檸檬先生は長い脚をぐっと折り畳んで椅子の上で体育座りをする。

「先生行儀悪い」

「うっせえな、ぎょーぎとかどーでもいいじゃん」

髪を振り乱して反り返る先生は、顔は綺麗なのになんだか損をしている。かつかつと指で椅子の背を叩いては履いたローファーの右足で床を鳴らす。

こうしていると檸檬先生は本当に惜しいことをしているような気がしてならなかった。なぜ自分がそう感じるのかはわからなかったが、明確な理由がないにしても、この感情は非常に一般的なものであったと思う。

私は椅子の座面の下で足を少し伸ばした。ひりひりと膝が痛む。顔を歪めるほどではなかった。

「七とか八とか大抵みんな躓くんだけどな……。お前努力家ってわけ?」

「七は僕も苦手だよ」

「嘘つけ。覚えてんじゃねーか」

がしがし長い髪を掻き毟り、豪快に笑う彼女はまるで泥だらけの少年だ。自分と同じ目線にあることが不思議議である。

野原を駆けずり回ることは実際にはしたことがなかった。服を汚せば、新しい服を買わなくてはならなくなる。そうすれば母はきっと、いい顔はしない。

野原とはなんであるか？　子供らは一心にその上を走る。長く伸びたてんとう虫の塔、奔放なアブラナ、根を張るタンポポ、それら全ての下には柔らかく肥えた、しかしカチカチの地面があるのだろう。蟻たちが子供らと同じようにそこら中駆け回っているだろう。けれどそれらは子供らの馬鹿なうねりとは違い、確実な一歩一歩。空は広いかな。雨が降ると塞ぐものもなければきっと草たちはしなるほどにうたれ、でも雨が上がれば虹がかかる。根っこと根っこの合間の水たまりにその虹の一雫を落としたら、アメンボがその橋を渡る。蹲み込んで膝の布地をくしゃくしゃにして、子供らはそれを覗き込むのだろう。野原の夕暮れはきっと真っ赤だ。野原は緑色だからやがて夕陽の赤と混ざって黒になったら夜になる……。

「じゃ、五足す六はもう言える？」

頭の中で夕焼けは夕闇に飲み込まれた。しんと静まる夜が来る。夜は子供の時間ではない。母に眠れと怒られる。仕方ないから布団に潜り深い息を繰り返していると、やがて玄関のドアが開いて閉まる音がする。

「五足す六は、十一」

「上出来」

ぴかっと笑った先生に、私は唇の端をあげようとしたけれど、なんだか麻痺したようで上手く動かなかった。檸檬先生は私の頭を撫でた。先生が自分のを振り乱して掻き乱してやるように、ぐしゃぐしゃぐしゃっと撫でられた。漸く頰の麻酔は取れた。

「少年、運動会はどう？　練習始まっただろ」

「台風の目やった」

「ああ、あれね、私あれ嫌い。チームプレーとかクソ食らえだよな。だいじょぶだった？」

檸檬先生の視線が這う。私は今度は無理やりにでも笑みを象った。檸檬先生は訝しげな顔だったけど、私を見て詮索するのはやめたようだった。

なんだかよけいに膝が痛くなった。

「中三は何やるの」

「大縄跳び」

「え、楽しそう」

「楽しかねぇよ。チームプレーだぞ」

「そっか、そうだね。でもやったことないから」

「まあ私もよくわからん」

あっけらかんと言った。

「大縄跳びって、あの、あれ？　二本でぽいぽいやるあれ？」

「それはダブルダッチ」

ただの縄跳びだよ。と先生は言った。でも中学三年生ってとっても大きい。そんなひとたちが縄跳びなんてしたら頭か爪先に引っかかってしまいそうなものだ。

「跳べるわけ？」

「跳べないからこそ競技になんだよ」

「そんなんじゃ意味ないじゃん。競争にならないじゃん」

「なるよ。いかに協力したかってのがじゅーよーなんだ。それをはかる競争」

な、私には不向き。

先生はからりと笑った。白い歯がまたぴかり。ぶらぶら揺らす脚の揺れを私は見つめた。赤い膝小僧。私の膝もきっとこんな色だ。擦れた赤い色。皮膚の淡い色がめくれて醜い赤が見えている。血の色。血の赤の色。痛い色。

5

フレー！　フレー！　赤組！

運動場の中心の赤色帽への声援が激しい。つばのついた運動帽は赤白入り乱れて校庭を右往左往している。ビーズをぶちまけたみたいなカオスだった。秩序ないその動きを耳を塞ぎながら薄目に無感動に見た。

グラウンドは横断幕やペナントや保護者の服や、色ばかりで溢れていた。それが音になって汚く混じり合って、隙間から聴こえるＢＧＭは泥水のように混色されてゆく。雨の後のゴミだらけの溜池でもこんなに酷くはないだろう。私はまたぎゅっと目を瞑(つむ)った。

「三年生は次の種目全員リレーがありますので入場門に集合してください。繰り返します……」

上級生の係員のアナウンスはあまりにも小さくて喧騒の中では霞んでいる。スピーカー直下の児童からのそのそ動き出し、私はその波に押されるように流れに乗った。入場門は白組の応援席と、その先にある中学部の赤、白それぞれの席を越えた先だ。小中一貫、人数だけは嫌に多い。三年生の足では入場門は遠かった。行く途中は中学部の応援席に目を向けた。

先生はいるかな。いると思う。約束したのだ。運動会は出るのがギムなのだと先生は眉を寄せていた。あの面白い表情が確か白の応援席にいるはず。

しかし座っている中学部の生徒たちの背中を見ようにも、男子の上背の、広い筋肉の壁が見せてくれなかった。

　小学三年生は、背が低い。

「リレーの順番に並んでください」

　係員の紫ゼッケン。しかし青い。ぶわりと混ざって枯れかけの紫陽花（あじさい）みたいになった。慌ててまた目を細める。自分は確か三番目だった、とふらふら前の方に歩いていく。ぎゅっと何かを踏んだ。

「だ！　お前、何すんだよ！」

　ばこっと頭に強い衝撃がきて、耳のすぐ横で折れた折れたと喚（わめ）かれる。

「ごめん」

　慌てて目を見開くと視界一杯に赤い帽子と赤い男児の顔が映った。肉付きのいい日焼けのない肌で、握り拳を見ると、それで私の頭を殴りつけたのは明白だった。明らかに私の足より彼の大きな拳の方が凶器だった。

　私は紅白帽の上から殴られた頭を摩（さす）った。もう一度目を伏せてごめん、と言うとタンコブの上にこれだからバイタの息子は、などと降ってくる。

「母ちゃんが言ってたぞ。こいつのママは汚ねえってな！　ママがダメなやつだとキョウイクは行き届かねー！　だからこいつは馬鹿なんだ」

　赤い男子生徒は私が前の列へと駆け出してもなお大声で叫ぶ。

「どうせママだって今日来てないんだろ！　知らねー男と今頃デートだ」

　唇を噛むことはしなかった。噛んで出血してもいいことない。俯くこともしなかったけど空を見ることもなかった。

汚いのか？　僕のママは汚い？

　いや全くそんなことはない。母は綺麗な手で握り飯を握る。白い炊き立てのご飯粒が黒ずむことなどないし、薄い淡い藤色の、あの少し疲れて痩（こ）けてしまった頬の上に、それでも薄紅の肉はあり、その丸みを上に追った先はいみじく窪んでいる。その彫り具合はバターナイフで削った大理石を芝桜の花弁で磨き上げたようである。日本の様式美からは少し外れたはっと目を引くその瞳は暗いけれども純然たる光を覗ける。しみだって少ないし傷もない。いやなむらのない、幾年経っても色褪せぬテンペラ。

　汚さなどない。彼女が何をしているのかなんてわからないが、それは全て彼女の望む所でないことは知っている。そこになんの汚さがある？

　よっぽど、濁音めいた歓声と雄叫（おたけ）びと、穴ぼこの顔を隠すサンバイザーの保護者たちの方が私には汚く見えた。

「いちについて、よーい」

　競技は始まる。私も列に並んだ。

　練習の際は一切使わなかった聞いたこともないぱあ……ぁんという音が頭を突き刺した。目が飛び出た。瞬間的な爆音に脳が破裂したかのように目の前に黒い閃光と赤いフラッシュが散った。

　なんだこれは。なんの音。いや、知っているのだ。ピストルだ。ピストルの音だ。本番はピストルだと言っていた。でもあのスタートから数メートル先に立つ紫ゼッケンが持っているのは本当に本当のピストルではないか。ピストルは殺す道具なのだろう？　私は知っている。あれは、あれが鳴れば、赤が散る。どす黒く、生命みたいに脈打つ赤が散る。

耳を塞いだ。しかしピストルは私を確実に殺しにきていた。首を懸命に振る。まとわりつく赤が視界を塞ぐ。

「三番ランナー、並んでください。三番！」

爪先のその先、ぐにゃりと歪む白い線、石灰でひいた白い線、芝生、緑、靴は青、ぐしゃりと音が混ざる。
ソ、ド、ラ♯、シ、ミ、喧騒、罵倒の声、馬の駆け行くＢＧＭ、刹那の閃光、……。
「ゴー！」

前走者のかけ声。

耳を塞いでいるのかいないのかもうわからない。一切の音が遮断され、視界は前一直線だけがぼんやりレンズの奥に霞み、左右上下白く何もない。膝が前に引き摺り出される。糸で引かれる。吊られる。腕は風にちぎれるほどなびいた。指が吹き飛ぶ。靴が足先を締め付ける。耳は後方へとどまろうとし頭だけは血が上ってぐあんぐあんと痛んだ。頰が揺れる。

右手に燃え上がるバトンが触れた瞬間に私は一気にスピードを上げた。一目散に駆け出した。一番に飛び出した。人工芝を蹴り上げ、短い足を前へ前へと出していく。下を向いたら自分の足は枝みたいだった。周りの汚い色は気にしてはいけない。視界は真っ白。左手のバトンを握りしめる。光になれ。走れ。走る。走った。走った。

「あ、」

足が縺(もつ)れた。右足と左足が混ざりあって、一瞬にして地面が近づき、緑の中の砂が鮮明に見え、いく筋もの銃弾が強(したた)かに顔を打ちつける。バトンが転がってどこかへ行った。掌が一瞬で冷える。

遠くで戦渦に巻きこまれたかのようなうわあああああという咆哮(ほうこう)が聞こえた。

逃げなければ殺されると思ったけど、私は目の前の赤さに涙を引き絞って喉を絹糸のように痙攣(ひきつ)らせて立ち上がるのがやっとだった。

全く開けない視界の前方に何個もスニーカーが遠のいていく。

耳の奥にガンガンと音楽だけが汚水を作っていた。

「お前さ！　手ェぬいただろ！」

「練習ではずっと一位だったのにさ」

「タカくくってんじゃねーよッ！」

赤組の応援席に私の居場所はなかった。教室から運んできたはずの私の小さな木の椅子は、可哀想に横倒しにされて砂に枕し軋んだ声を上げて泣いている。目の前に何人もの児童がいて囲まれていて、椅子と面会さえ許されなかった。

「こいつさ、マジむかつくな！」

「なんだよこの色ボケ」

「まじでいよいよバカだしさ」

「かーちゃんばいただろ」

「いんばいふってんだって」

「父ちゃんじゃないやつといっぱい付き合ってんだってな」

「親も親なら子も子だって」

「お前なんでがっこうくンノ?」

「オマエハイルカチナンテナイノニサ」

「ジャマ」

「ガッコウクンナ」

「イキテルイミナイ」

「シネ」

ついに駆け出した。絡まる足に何度も躓き、ただ走る。小学部の応援席を蹴り飛ばしながら中学部まで走った。べちゃりと唐突にぶつかって、私の小さな体はそこで止まった。目の前に中学部のジャージがあり、爽やかな香りが鼻腔に広がる。

はっと顔を上げた。檸檬色があった。

「どした少年。お前足はっえーなあ!」

酷く明るい声がした。

「檸檬先……」

私の言葉は途中で止まってしまった。

彼女の艶やかな白い頬に、重たい泥が無造作に塗り付けられていた。跳ね飛んだ飛沫(しぶき)が目尻を隠している。

吐き気を催した。

「少年？」

ぱっと口元に手をやる。首が締め付けられる。私を呼ぶ声がぼんやり遠くに聞こえる。駄目だよ、先生、そんなんじゃ聴こえないって、先生のあの、蛇口から流れる水みたいな、あの透明な声が、ちゃんと聴こえないじゃないか。そんな上から話してちゃあ空気が遮ってしまうもの、この汚れた空気が、

がし、と右肩を強く掴まれ、はっと顔を上げる。蹲み込んで膝をついた先生が私と目を合わせていた。

先生の目は本当に薄い色だ。日本人なのに、薄い色だ。黒いのに、薄い色。どうしてだかとても。

先生は何も言わなかった。暫く私の頭だとか、頰だとかをまるで父親が愛娘の風呂上がりの世話をしている柔軟剤の宣伝のように撫で回していた。私の目の前には泥が張り付いている。遠くから飛んできたような飛沫、しかし思いの外分厚く塗りつけてある。私はすぐさまバスタオルを持ってきてそれを拭い、彼女の白い頰を見たかった。でも彼女のきめ細やかな肌を傷つけないような柔らかなファーのタオルなど、私は持っていないのだ。

目尻が下がった。

先生は眉を下げて、情けない顔で笑った。近くにあった濃い色のかさりとした革の鞄を引っ掴んで立ち上がる。腕を掴まれた。緩く腕を引かれて私は先生に連れて行かれる。保護者のあまりいない日当たりを選んで通って、だんだん色の塊が遠ざかっていく。グラ

ウンドが遠のいていく。

「こんなところ、私ゲロ吐きそう」

先生は急ぎ足だった。それがまた私の心にぼんやりと染み渡っていくのだが、なんとも先生らしいその言いぶりはなかなかに興醒めだった。

檸檬先生の足は止まることなくグラウンドを抜け出し、装飾の一切無くなった道を進んでいく。やがて森林を抜け住宅街に出て、更に車の往来の少ない、細めの通りに出た。ちらほらと通行人がいて、私たち二人に訝しげな一瞥をくれたあとこともなげに通り過ぎていく。ある者はポケットに手を突っ込んで、ある者はスマートフォンを片手に。

檸檬先生は暫く車道を見つめていて、そこに来た緑色のタクシーに軽く手をあげた。緑は自然の色だから目にいいと父が言っていたような気もする。だがこのタクシーの緑は少しばかり鮮やかで、人工的な匂いがした。

後部座席に自分の体ごと私を押し込めた先生は、目を白黒させている運転手に、「ホウライホールまで」と告げた。

「ですが……」

運転手は車を出さず私と先生とを見比べる。先生はいいから、と鞄を漁ってなんだか分厚い布地を取り出した。よくよく見ればそれは薄い金色のはみ出した財布であったが、なにをすればそんなに財布が太るのかわからなかった。目をむいた運転手はもう一度先生の顔を見つめて、硬い声でわかりました、と言うとすぐさま発進させる。

くだらないシャッターばかりの街並みが流れていく。その一つ一つを目で追った。だんだんと、家の近くへ来て、また通り過ぎて遠ざかって。

ホウライホールといえば、この辺りでは有名な私営ホールだった。どこかの巨大企業の傘下の子会社が経営しているからか、とにかく金がかかっている。その分設備はいいのだとか。沢山の人が気軽に利用できるホールで、小ホールは子供の発表会とかに、大ホールならオーケストラや劇団などに使われていた。小さな多目的スタジオであっても響きが良いのだというから人気のホールだ。どうも他の区や、県を跨いでやってくる人もいるらしい。私も一年生の頃からたびたび利用していた。学校行事の演劇鑑賞などはもっぱらここである。しかし大抵はホールに来るだけ来て外で待っていた。音楽と、煩(うるさ)い照明に嫌気がさしてしまったのだ。だからホールの中をきちんとは知らない。先生がなぜ行き先にホールを選んだのかも見当がつかないが、ホールの中に何か秘密があるのだろうか。

ホウライホールは私の家から徒歩圏内だ。わざわざタクシーを使うまでもないような風にも思ったが、膝がズキズキと痛んだ。

赤信号の停止中に、運転手はどこからか白のタオルを取り出して、ミラーで先生の顔を振り返った。

「あの、よろしければ」

清潔で柔らかそうだった。でも先生は受け取らず顔を背けていた。運転手は気を害するでもなくまた青信号でハンドルを握る。

先生の脇腹を小突けば、身を捩ったあとにいらねえよんなの、と小声で言った。

「使ったらタオル汚れるでしょーが」

檸檬先生もゲンキンなやつ。私はぷいと窓の外を見る。タオルを洗って返すのが面倒だって思ったんだろう？　ふうん。

拗ねたようにそっぽを向いた私を、反射した薄い顔の先生が理解しがたいとでも言いたげな目で見つめていた。私はひたすら流れ行く風景を目で追った。

サイドミラーに映った運転手は相変わらず硬い顔。凍ってしまったかのようなその瞳、しかし手は非常に滑らかに動くのだからこれはまた面白かった。

ひらりと太陽の光が窓に閃く。

「ホウライホールです」

き、ときっちり止まった車からいの一番に飛び降りる。奥で檸檬先生があの分厚い財布を広げて乱雑に一枚お札を運転手に押し付けていた。

「釣りはいらねー。私ら急いでんだ」

突き放した言い方だ。それが檸檬先生の通常運転だということは知っている。タクシーの扉が閉まり車は間を置いてからゆっくりと発進した。私はタクシーの背中にぶんぶんと一往復手を振った。大きく右手で振った。左手を檸檬先生に摑まれる。

「ほらいくぞ少年」

ホールの前はそこそこに賑わいのある大通りだが、エントランスは閑散としている。土曜の真昼間、ホールでのイベントもなく理由なく訪れるものも稀であるがために、私と檸檬先生二つの影くらいしか床に伸びるものはなかった。青い服で全身の黄色を押し隠した警備員が、何もない平和な日にうつらうつらと目を細めている。ホールに突然入ってきた凸凹の体操着を見て狐のようであった瞼をぱっちりと開いた。訝しげに見てくる。　先生はその前を素通りして横にあるインフォメーションカウンターに向かった。
　カウンターの二人のお姉さんはどちらも黒い髪をぴっと頭のてっぺんでお団子にしてい
て、目と、二重のしわのその合間に紫とも青ともつかぬ色を浮かべていた。檸檬先生の顔を
見ると元から背中に下敷きが入ってるのではと錯覚するほど真っ直ぐだった背筋をそれはも
うこの上ないほど伸ばし、最上級の作り笑いを浮かべた。周りの空気が冷たい水色だから私
はなんだか急に心臓を氷水に浸したかのようにぎゅっと身を縮こまらせて緊張した。
「お嬢様、よくいらっしゃいました」
「お嬢様とか言うな」
　間髪をいれずばっさりと切り落とした先生はカウンターに不良みたいに片腕だけ突き、体
重をかけた。
「申し訳ございません、お嬢様」
「だから！」
　先生は声を荒らげたけど、その声色は少しマイルドカラーだったから私は胸を撫で下ろし
た。受け付けのお姉さんもまた作り笑いを解いた。
「本日はどのようなご用件で……多目的室のご利用ですか？　只今蓬莱幼稚園が利用中です
が、あけましょうか」
「いや、いいよ。ホール使うわ。大ホール。それとシアター設備セットしといて。パパ名義
でよろしく」

「承知いたしました」

深々と頭を下げた女性二人を置き去りにして檸檬先生はさっさとその場を去った。腕を掴まれている私もそのまま連動してついていく。

大ホールは入り口がまず分厚い二重扉で、ホワイエの奥にさらに防音の二重扉、というようになっている。真っ白く塗られた壁と真っ赤なカーペットがロイヤルで落ち着かなかった。体操着で堂々と歩く先生が嫌に様になる。きっと姿勢がよくて髪がさらさらと靡いているからだ。見つめていた私は頬についた泥を見てまた気持ち悪くなった。先生はふと口元を笑みで彩った。

「ホールは初めて？　随分カチコチ」

鼻で笑われてむっとした。違う、と鋭めに言ってみる。先生はよけいに口から耐えきれない息をもらした。

「受け付けの、お姉さんが」

「ああ、あいつら？」

「目になんか塗ってた。青っぽい」

「あー……。アイシャドウね、アイシャドウ。あれは高いやつ塗らせてんの。宝井堂のコスメのでさ。確かコラボグッズで、あれはんぱねー高さなのよ。誰が買うかってのアイシャドウなんて今じゃ百均とかでも買えちゃうしな」

「アイシャドウってんだ」

「見たことないの」

「ううん、ママが夜塗ってる。ちょっと赤っぽいの」

「……あ、っそ」

檸檬先生はすっと目を横にそらしてしまったから私は慌てて腕を引っ張ってこちらを向かせた。

「あの色、僕知らなくてさ、何色かなって思って」

「あの色?」

眉を寄せると先生の顔は凄みがあってちょっと怖い。正直にそう言うとイケメンだからさ、ってちょっと戯けた。

「アイ、ぃィ……シャドウの色」

「あー、あれな? 確かなー商品名的にはヴァイオレットクールブルーとかだった。くそだっさ! そのまんまかよ!」

「ゔぁい……ブルーは青でしょ? じゃああれ青なのやっぱり」

「いんや、一口に青っつったら大雑把だから知りてえんだろ」

檸檬先生の言葉にちょっと頷く。

「あれはな、ヴァイオレットってのがすみれ色だ。薄紫。つまり紫がかった青ってことだろうな。冷たい……クール……まあクールっつったらかっけーってことだけどざっくり言うと知的青紫ってわけ」

「それはそれでカッコ悪いよ先生そのまんまじゃん」

唇を突き出す。それを見た先生はへの字口で応答する。

「かっこいい名前が必要かよ」

「流石に知的青紫はやだ」

「あっそ」

先生は黙り込んでしまった。大ホールのA扉を目指して長い廊下を歩く。白い壁はどこまでも白い。

あの青はなんだろう。あの青は水の青じゃない。海は青だっていうけれど、夏ならきっとあの青はもっと鮮やかだろうしかといって「クール」な印象のある冬なら、海の青はそう灰色だ。灰色と鮮やかな青の合間ならあのアイシャドウの色になるかもしれない。秋の海色だ。きっと。

重い二重扉の外側の方を、先生は意地で片手で開けた。私は先生と扉の間に入って全身で一緒に押してみる。と、上から涼やかな声が降ってきた。

「あやめ色だ」

「うえ？」

「あやめ色だよ少年。朝露を受けて、カッコ良く佇むあやめ色」

心に薄く、炭酸のような気持ちが広がった。私は歯を見せた。檸檬先生もにっと笑った。

「かっけーだろ」

「うん」

先生の頬の泥が乾いた音でぱきりとひび割れた。

先生に手を引かれて入ったホールの中には、ワインレッドの椅子が段々畑になって奥までぶわあと敷き詰められていた。舞台には白い幕が張ってあり、体育館のスクリーンのようになっている。天井が高いんだな。顔を真上に向けていっぱいに目を見開けば天井に見える小さなたくさんのライトがちかりちかりと星のように光を降らした。密閉空間のようだけれど空気は澄んでいる。そして静かだ。色がない。

先生は真ん中より後ろらへんのセンター二つを陣取って座った。

「何するのこれ」

ホール自体慣れぬ私は肩身狭く隣に縮まって上目遣いに先生を見つめる。先生は唇を真横に引いた。がさりと鞄から取り出したのは黒い小さなリモコンである。昔家にあったそれよりもひとまわりばかし小さい。

「私音楽作っててさ。それ一緒に見ようぜ」

「え、音楽……!?」

思わず飛び上がる。まるで陸に上がった海老(えび)のように。音楽という単語につい拒否反応を示してしまった。今日は散々気持ちの悪いあの混色を耳にした。もういいだろう。これ以上は耳を泥に浸からせたくない。

ぶんぶんと首を振る私を先生は呆れた表情で見てくる。

「お前な、忘れたのかよ。私も共感覚者なんだから『そういう』音楽はやだよ。そゆのじゃなくてさ、まあ見りゃわかるから騙されたと思って」

肩を押さえつける動作の見た目はそれほど大きくもないのに、力はやたらと強くて私の体はあっさり座面に沈み込んだ。ここの椅子は随分柔らかい。

先生は後ろに向かってリモコンのボタンを操作した。

ぶー、という少し縮れた音のあと、ホールが徐に暗くなる。あの天井の星が消えていく。慎ましやかな非常扉の緑だけちらりと覗いてあとは白いスクリーンだけが闇に浮かんだ。

白いスクリーンは白く光っている。その中にふわりと色が浮かんだ。水に濡らした画用紙の上に、薄めた水彩絵の具を垂らしたみたいに、様々な場所にふわりふわりと色が染み渡っていく。目に入った瞬間にそれらは即座に頭の中で音に変換されて私の鼓膜を揺らす。あんなにばらりばらりとなっているのに、

「あ、……」

微かに声をもらした私の手は未だにひんやりとした先生の白い指に搦め捕られていた。

頭のどこか真っ白なところに広がっていく音の並び。彩りに応じて耳の中を躍る音の並び。それは今までに一度も美しいと思ったことのない音楽。泥水のようだと思っていた曲を模(かたど)っていた。

「しん、こ、……」

音にもならない掠れ声を、先生は余すところなく拾って、前を見たままゆっくり笑った。

「そうだよ、シンコペーテッドクロック。あれ、すんごい気持ち悪ィ曲だろ。音跳ねたり伸ばしたり重ねたりするからさ、すぐに混ざってぐっちゃぐちゃ。でも先にこうやって色を並べてあげて、それを音に変換してみるとさ、音の色を気にしないで音楽そのものを『聴ける』ってわけだ」

どんどん音へと変換されていくその時計の色彩映像を食い入るように見つめた。ロングト

ーンは長く画面を彩り続け、上下にある色でふわりと柔らかい和音が広がる。そう和音である。和を保った音の響き。再び色に戻ってぐしゃりとなることはない。だってそうだろう。スクリーンに映る色は本当に素朴にしかし秩序を保って並んでいる。これがどうして泥水の曲となろうか。目を見開いた先でただ静かに動き続ける映像は私の中に未知の協和音を流した。山奥の静かな場所の、湧き出でる清水のように、音が鼓膜にくる。初めて、生まれて初めて音楽を聴いた。それは本当に芸術品であったのだ。

頰が筋状に熱くなるのを感じていた。それを気にも留めず私はただスクリーンに耳を澄ました。先生の指がだんだん暖かくなってきて、私はそれを強く引き留めた。

「ああ、先生」

「うん」

「先生、音楽だ」

音楽だよ。

全てのメロディが流れ去った。スクリーンの白キャンバスはふうと暗くなって、やがてホールに星明かりが戻ってくる。隣の先生は満足そうに目を細めて私を見ていた。

「これが私の音楽だ。共感覚者もちょっとなら音、楽しめんだろ？　作んの時間かかったんだぜこれ。パパは全然パソコンかしてくんないしさ」

道化のように笑う先生はまたすっと大人びた……あやめ色の表情を作って私の頰を指で拭った。

「少年が楽しんでくれたようでよかったよ」

「うん、うん」

言うこともなくてただ首を縦に小さく振り続けた。ホールはこんなにも音を美しく響かせる場所だったんだ。初めて知った。色が多過ぎて、それで音もぐちゃぐちゃだと思っていたけれど、夜闇に映し出される流麗な音、それは多分に色を含んでるくせにこのだだ広い空に澄み渡っていくのだから。

「私は芸術家になりたい」

小さくつぶやかれた彼女の声に、私は微かに振り仰いだ。外よりかは薄暗いホールの星明かりの下で、先生の檸檬色の瞳は爛々（らんらん）と輝いていた。

「でもこれは誰にも理解できない。たとえ共感覚を持っていても、波長が合わない奴の方が多い。他の誰かが見たところで、私はただのおかしな奴なんだ」

その言葉はやけに大きく聞こえた。檸檬先生はこれといって大声を出したわけではなかったが、私の鼓膜を大きく揺らしたのだった。

いつのまにか真っ赤に染まっていた空にびっくりすることもできないまま、半ば放心状態の私は檸檬先生によって家まで送り届けられた。またタクシーを捕まえてまた怪訝な顔をされていたような気もするけれど、私はそれどころではなかったからあまり詳しくは覚えていない。ただ繋いだ手を離してやるものかとずっと摑んでいた。

閑静な住宅街で檸檬先生はにっかりとわざとらしい満面の笑みを浮かべて私に別れ際手を振った。

「オンナノコ送り届けるんだから次はちゃんとエスコートしなさいよねー」

からかう気しかない言い回しにぱちりと一つ瞬き、それからあかんべーをすることを覚えた。やっぱり気に入らない。檸檬先生ってやつは、こういうやつだ。

木造建築の古い家。ちょっと豪勢にも見えるかもしれない私の家。小学三年生の、平均身長を上回りもしない少年には、やけにだだっぴろく感じる家。いつものように鍵を開けて中に入りただいまと小さく呟けば、控えめな音でガラス張りの障子が開いた。隙間から母の白い顔が覗く。びっくりしてスニーカーを履いた足を一歩後ろにやった。母は私の挙動不審な様子を見て、耐え切れないといったように微細に吹き出し、眉を下げた微笑みを見せた。

「おかえり、お疲れ様」

「………」

口を開けたまま、玄関の段差の下から母を見上げた。家に上がる前に玄関で母の顔を見るなんて初めてかもしれなかった。いつもより上の方にある母の顔はアオリの構図の傾斜がきつめで、いつもより垂れ目に見えて不思議で仕方がなかった。咄嗟に何を言うこともできないで、ただ呼吸を繰り返すことだけに意識を向けた。

「今日は、頑張ったね」

「うん……」

「見に行けなくて、ごめんね」

「ううん」

「ママ、スーパーのレジ打ちあったから」

ど。

「うん、知ってる」

柔らかい声音だった。なんというか、でもブランケットとかとは、完全に違う柔らかさだった。強いて言うなら、ライオンのたてがみみたいな柔らかさだ。実際に柔らかいかどうかは知らない。ライオンなんて見たことがないから。本当はカチカチなのかもしれないけれど。

「ね、今日はお利口さんだったから、ね」

母はゆったりとガラス戸を引き開けた。からからから、と細い細い木のレールの上を、曇りガラスの扉が滑る。からり。

木の枠にかけられた母の指は細い。糸みたいに細い。絹みたいな色をしてる。

「ディナー、行こっか」

ようやく見えた母の体は、真新しい白のワンピースで包まれていて、整えられた黒髪が首を傾けた拍子に肩からするりとこぼれた。薄い唇の両端が、上を向いている。

私は心底びっくりした。でもびっくりよりも、ドキドキが勝った。母の腕に抱えられたちょっとお堅い白のワイシャツに腕を通し、めかしこんで靴を履き直す。差し伸べられた母の手を握ると反発が少なかった。心地いいと思ってしまった。体をほんの少しすり寄せれば、母は困ったように歩きづらいでしょう、と言う。それでそっか、と私が言う。だからちょいとだけ体をずらして、一歩前に出て私は母の前に少し跪(ひざまず)くのだ。

「じゃあ、僕がえすこーとするね」

母は黒々とした瞳を煌めかせて、わあ、オトコノコだね、と笑った。母が笑ったから、嬉しかった。嬉しいから、手を引いた。

　母はどうやら朝から店に予約を入れていたみたいだった。入り口のところにやってきた執事みたいな格好の人に、予約をしてます、みたいなことを、ピンと背筋を伸ばして言う姿はとても格好よかった。なのに急に背中が小さく感じた。多分、さっき玄関で下から見た時に大きく感じられたから、その差がここで出ているのだろう。

　大きなテーブルと、革張りのソファ、向かい合って座る。置いてあったメニューは一冊だけだったけど、母はそれを私の方に向けた。九十度回しても戻された。

「私はね、反対からでも文字がちゃんと読めるのよ」

　小声だった。スゴイ、と思った。

　写真がいっぱい並んでいるメニューの中には、知らない料理がたくさんあった。こんないっぱいの中から好きなものを一つ選んで告げるだけで数分後にはそれが食べられるなんて、まるで王子様だ。今僕は王子様になった。王子様って、何をするんだろう。王様が国のリーダーで、女王様もリーダー。リーダーの次に来るのは副リーダーだから、僕の仕事は王様と女王様を助けることだ。この場合王様はいないから、僕は母を支えさえすればいい。なんだ、簡単なことじゃないか。僕にはえすこーとだってできるのだから。

　ステーキにフォークを刺して、口に運ぶ。そのまま顔を上げて母を見れば、母はサラダのトマトをぼそぼそと食べていた。あっさり目が合って、母は取り繕ったように笑って見せる。トマトは熟れているのかとても赤い。それで少し濡れてる。唇の周りの、母の唾液だ。それから冷たそうだ。サラダはひんやりしているのが一番だから、きっと冷蔵庫でよく冷やしてある。前歯にしみそうな冷たさなのだろう。

急にその冷たさを考えると腹に入ったステーキがじくじくと熱くなっていくような気がした。変な感触がして腹を押さえる。当たり前だが何も起きない。母はどうしたの、とでも言いたげに私に手を伸ばしかけて、やっぱりなんでもない、と細い腕を下ろす。

ステーキは大人サイズだった。多すぎてやっぱり半分以上残してしまった。これ以上腹に入れる気にはならなかった。

外はもう真っ暗闇だけど、母は一向に帰ろうとはしなかった。なんだか珍しく、はしゃいでいるようだった。手は相変わらず繋いでいて、今は母が私を引っ張っている。腕がピンと張る。少し、握力が強かった。

「せっかくここまできたし、遊園地にも寄ってこう」

最寄りから一駅のところのちょっとした遊園地に母は入っていく。入園料無料。いっそのこと近道抜け道に利用する者すらいるこの遊園地は、遊園地というよりもショッピングに特化しているようで、広場の真ん中のメリーゴーラウンドだけが異常な存在感を放っている。今ならそれが普通だとはっきり言えるが、正直小学生の頃の私には常識だとか、そういうのは通じない。ただ母は、私をメリーゴーラウンドに乗せたがった。一緒に乗りたいのかな、と思った。大人はよく「年甲斐もなく……」とか言ってるから、人がまったくいないメリーゴーラウンドで、私は上下揺れすらない馬車の中で母とまた向かい合って座った。

メリーゴーラウンドは夜の闇の中に古びたネオンサインでぼんやりと浮かび上がっている。錆び付いた乾いたきりきりのオルゴールの音楽に合わせて、騎手のいない木馬が千鳥足でゆらゆらしている。濡れて緑青に覆われた柱が下から照らされて青白く輝いていた。

「メリーゴーラウンド、ママ、楽しい?」

「え?」

「だって、乗りたかったんでしょうこれ」

ぺち、とかぼちゃの馬車の壁を叩くと母はぐしゃりと顔を歪めた。

「うん、そうなの、そう、私もやりたかったの。メリー・ゴー・ラウンド。いいわよね、素敵よね」

顔を覆ってしまった。指の隙間から覗く目元が赤くなっていたから、私は目をそらしてあげた。ちゃらりん、とチープな音が跳ね飛ぶ。ぐわり、ぐわりと嫌な色合いが広がる。ぎぎぎというかにも重金属の機械の動きをして、最後にメリー・ゴー・ラウンドは止まった。音楽は遅くなっていき、最後に赤が広がる。照明が落ちていく、暗闇が広がる、黒に呑まれる。

母は帰りは手を繋いでくれなかったし、私を家まで引っ張っていくことをしてくれなかった。家から遠く離れていないとはいえ、外出自体あまりしない私は一人で帰ることができなかったから黙ったまんまの母に、黙って続いた。白いワンピースが揺れる。似たような白のワイシャツにはステーキの汁が飛んでしまっており、今は赤黒くしみになっている。胸元のその飛沫を擦ってみたが何も起きない。

そういえば母は今日夜の方の仕事は入っていないのだな。目の先を揺れる白い裾が、黒い空気を切り取るようにワンピースを縁取っている。母の顔は暗くて見えない。時折洟を啜る音だけがして、側を走り抜けていく黒塗りの車の轟音にかき消される。

6

振替休日明けに学校に行けば、教室のいつもの場所に、私の椅子と机はなかった。おかしいなと教室を見回してみるが、余りの席はない。一度教室を出て廊下を眺める。トイレの前に、横倒しになっている机があった。その横に散らばっている上履き入れとランチョンマットは見覚えのある縮緬だったからすぐに自分のものであるとわかった。小走りで駆け寄り、助け起こすみたいにそっと立て直すと、その拍子に机の中からひらりと何かが舞った。ぱさりと床に落ちたのは紙切れのようだった。拾い上げる。ノートを破りとったようなもので、沢山の筆跡が躍っていた。ぐにゃりぐにゃりと字が散らばり、鋭く尖ってこちらを向いている。

「お前はクラスに必要ない」「学校に来んな」「色ボケ」「死ね」

なんだかため息が出た。ぐしゃりと潰してポケットに詰め込み、階段を下りる。グラウンドの端の方の砂場で、椅子は片脚を砂に埋れさせて、斜塔のように佇んでいた。二メートルほど離れた真正面で椅子と向き合い、砂だらけの座面を見つめた。

夏前の、梅雨が来る、生温い風が砂を転がす。砂場は幅跳びのための砂場である。粘ついた土の混ざった砂場であり、椅子の上にかかっているさらりとした砂の方は校庭の人工芝の合間にちりばめてある砂だろう。砂場の背後の針葉樹が枝を揺らした。突き抜ける青空が枝葉の間から覗き、白雲の向こうに鳥が飛ぶ。太陽はまだ昇り切ってはいないが空はいやに鮮やかな色であった。影のかかった、割と低い位置にぷっかり浮かぶ雲は丸い形をして、どこまで行くのか遠く流れていく。

肌が湿っぽい。がり、と腕を一度掻いた。徐に砂場に足を踏み込む。スニーカーは元から汚れているから、濡れた土に沈んでも気にしない。髪の束を風が掬（すく）い取って、ポロシャツをはためかせ、私は重い足を持ち上げて椅子に近寄った。両手で引き上げれば彼は泣いているかのように座面からぱらぱら滴（しずく）を零（こぼ）す。金色の砂は不健康な色の砂場でとても目立つ。椅子は少し重い。骨組みが鉄製だからだ。腹に押し付けて持ち上げ、校舎に戻る。登校途中の児童たちは奇異の視線をこちらに向け、その中にまばらにクラスメイトの視線もあった。もちろん名前も顔もわからないから本当にクラスメイトかどうかなんて不確かだけれども、色合いは明度彩度がほんの少しずつ違う。微細な変化は私の目にはしっかり焼き付いている。

廊下に放置されているぽつねんとした机に椅子を入れ込み、丸ごと持ち上げて教室に入る。私の席は教室の真ん中あたりにあるから、机と椅子をランドセルを背負ったままに運ぶのはなかなかに骨が折れる作業だ。あちこちにぶつかりながらえっちらおっちら歩を進めれば舌打ちをされた。されたところで何も起きないから放っておいた。反応したところで長引くだけだから、面倒だと思った。

一時間目は算数だった。

「今日までの間にかけ算の仕組みについて学びましたね、では今日から割り算に入っていきましょう」

黒板に書かれていく文字を、かつてなら無感情に追って写すだけだったが、今は違う。ちゃんと先生の話を聞いて、板書の内容も割と理解できる。足し算とかけ算をきちんと全て暗記しておいたから、今までなんかと比べ物にならないほどに授業がわかる。白いノートに力一杯鉛筆を走らせた。

開け放たれた窓から草いきれが香る。青い若葉が日差しを遮って窓際に薄黄色の光を落とす。ちょっとしょっぱい唇を舐めて、私は鉛筆を走らせる。

授業中教室は静かだ。教師の声だけが響いている。ノートの上には相変わらず汚い文字が並ぶけれども、理屈がわかればそんなに汚く思えなかった。時折隣の席の子に肘がぶつかって隣の赤い女の子はうざったそうにノートを押し付けてくる。謝ってもどうせ無視されるから私は何も言わなかった。何も言わない代わりに少しだけ机を離した。

今日もまた音楽室に行こう。それで檸檬先生に会いに行こう。先生に会って算数を聞こう。そんなことを考えたら別に何もかもが苦に感じなかった。案外この世の中は綺麗な色に溢れている。もうすぐ始まる夏には鮮やかな色がたくさん躍るのだろう。ああその前に雨が降る。

「じゃーん！　今日は算数のテストを用意してきましたー」

軽やかな声で先生が笑う。細い指がぺらりと揺らしているのは白い紙切れだ。

「少年最近頑張ってるから、確認テスト今日はやるよ。まあ多分いい点取れるでしょ」

先生は時折大雑把で投げやりだけど、私のことは見捨てたりはしない。教え方がすごく丁寧だ。教師よりも丁寧だ。だから先生っていうのはすごくドンピシャの名前なんじゃないかと今は思っている。

「なんか新しい範囲入ったよ」

「マジか！　え、何やってんの？」

「割り算」

「ああそっか、かけ算終わったんだもんね」

二人ぼっちの音楽室に、先生の笑い声がびんびんこだまする。体を忙しなく揺らして椅子の上に胡座をかいて中年オジサンみたいだ。私は視界の端で揺れ動く賑やかな影をとりあえず放っておいて、渡されたプリントに向かう。大問が三個あって、一つ目は足し算と引き算、二つ目はかけ算九九で三つ目が三年生の範囲のかけ算の仕組みだった。

ぴ、と先生の持つタイマーが押された。

わかる。解ける。

鉛筆を持った手からうまい具合に力を抜いて、黒鉛を走らせる。膝に頬杖をついた檸檬先生の視線が一気にこちらに集まって、私は解く速度をはやめた。Bの鉛筆が唸りを上げ、鉛が粉を散らす。プリントを押さえた左手の親指の付け根で擦られて、解答用紙が黒ずみ、しかしそんなことは気にしていられなかった。

わかる、わかる、解ける、意味を理解している。道筋がはっきりわかっていて、迷子にはなりやしない絶対的自信を持っている。

ピー、とタイマーが終わりを告げた。奪い取った私の解答用紙に目を通した先生は、頬杖をやめ、足を片方床に落とし、顔を上げて、それから真っ白な歯を見せた。

「やればできんじゃん」

きゅっと薄い色の瞳が細められる。私が親指を突き立てた右手をぐっと前に出すと、そこにこつりと先生の柔らかな拳が当てられた。ふわりと、窓から青葉の香り。

「上出来」

雨が降り始める。細かな雨が降り始める。開いた窓から些細な飛沫が吹き込んで、先生は頬を濡らした。

「キリサメだよ」

「キリサメ」

「そう。言葉だけではどうしても刺々しいけどさ、霧だから。目に見えないような細さの雨で、でもちゃんと水なんだよ。ぶつぶつ降ってくる雨と違ってさ、霧雨はやわこいんだ」

触ってごらんと手を引っ張られて、窓から外に突き出される。高層にある音楽室は地面よりも雲に近い。外気に晒された掌に、ふんわりと雫が降りる。

「わ、霧だ」

「やわらかいだろ？」

「うん、やわらかい」

私の濡れた肌に、先生のしとやかな指が触れた。つんのめるようにして上半身を躍らせ窓の外に突き出された私の手に、先生は沿うように腕を伸ばし、一際長い中指で、私の薬指の第一関節までをなぞりあげる。きめ細やかな指の腹を感じとった。雨は恍惚とした薄い太陽光を浴びて燦々（さんさん）と降り注ぐ。

夏

1

終業式は全校生徒がグラウンドに集まって行われるはずだったが、異常なまでの猛暑に阻まれてそれは叶わなかった。教室上方に設置された安っぽいテレビ画面に映る髪の薄い校長が、何度も額を拭い拭い話し続ける。私は意味もないその話を意味もなく真剣に聞いていた。夏休みの過ごし方について生活指導主任から何点か注意をされた後、終了の挨拶もそこそこに担任は容赦なく画面をぶつりと切った。一瞬だけ映る地上波のテレビ番組が興味もない大自然特集であっても、小学三年生の児童たちは刹那沸き立つ。平日の昼間のテレビ番組はなんだか特殊なものだった。私にとってはテレビ自体物珍しく馴染みがないため無闇に興味関心を持つとかそういったことはなかった。そもそも色彩溢れかえる密林を注視する気にはなれなかったのである。かつて独りで夕食中に眺めた堅いニュース番組は、アナウンサーのいやに生真面目な話し方が郷愁を誘った。たまに流れる平和なニュースは目をそらしておいて、ただひたすら、うまくいっていない政治経済だとか、凄惨な殺人事件だとか、児童虐待だとかの情報だけを理解できないながらに追っていた。

「通知表を渡します。お家の人にちゃんと見せて、ちゃんとコメント書いてもらって、始業式の日にちゃんと持ってくること」

「はあい」

返事だけみな揃えてきっちり返す。それがあくまで表面的な従順さであることを教師もきちんと理解している。その返事しか返ってこないことを理解しながら、形式的な会話の応答を求める。私はだから返事をしない。返事をしていないことが気づかれたとしても、困ることはない。返事をしたからといって何か変化があるわけでもあるまいし、変化があるにしてもそれを積極的に求める理由が私にはなかった。私には今母がいて檸檬先生がいて時たま父がいて、それで家と、食事と、服と、布団がある。何一つ不自由ない生活をしているではないのか。だったらやたらめったらに変化を求めるな。貪欲さは破滅だ。無欲さは不変だ。この時の私は安定を求めていた。求めていたからこそ、渡された通知表をちらりと覗いてみて本当にびっくりした。成績が去年よりも上がっていた。算数なんかは特に、一年の成績以来下がる一方だったもので、今回評価のＡＢＣが少しずつ上がっているのを見ると、幻想なのではと考えてしまう。成績の変化なんて今まで何も感じたことがなかったけれど、今初めて、なんだか心臓の真ん中ら辺がむずむずとした。

アスファルトの道を蹴って家に走った。生徒全体が学校最寄りの駅まで緩やかな流れを作る中、一本逸れた細道に駆け込む。草木が生い茂り廃屋と化した空き家がコンクリートの塗り壁を温風に晒していて、鬱蒼と、青々と、生き生きとしてそこに建っている。その正面を風になった気分で駆け抜ける。なぜだか私はひどく興奮していて、土踏まずの上あたりで道端の石っころを踏んづけて盛大に転んだりしたが、体は止まらなかった。普段は近隣住民さえあまり使わない近道の裏路地から家の通りへ飛び出した時、目の前に薄汚れた藍色のポロシャツが飛び込んできた。

わっと驚いて、かかとを地面に擦らせる。ゴムが擦れる嫌な感覚がしたが、私はただ目を見開いてポロシャツの襟首から上の、煤けて汚れた褐色の肌の顔面を見つめた。高い鼻のてっぺんにくしゃりとしわを寄せ、丸い目を細めて、ほつれた髪を風に遊ばせて、男性は黄色い歯を剥き出しにして立っている。

「わあ、でかくなったなあ！　元気してたか？」

「パパ……！」

バックパック、その上にさらに大きな板と思しきものをくるんでいる風呂敷包み。汚い衣を身につけた父がいた。見上げた顔のその向こうにコバルトブルーの空と雲、頭の平たい入道雲。暗転。目の前が夜空になる。

「お前今帰りか！　な、家入れて」

「うん」

何という強請り(ねだ)だと今なら思うが、久々の父の香り……匂いを鼻に直接押し当てられて、一寸舞い上がった。残り数メートルの帰路を早足に飛ばして、鍵穴に煌めく銀のキーを差し込む。

「たっだいまー！」

割り込むように元気よく父が家に飛び込もうとするが、背負った板と狭い扉の隙間とが邪魔をして彼は顔だけ家の中に突っ込んだ。

「パパ、邪魔」

ぐいぐいとその足を押しやろうとすると父はわざとらしく両腕で顔を覆う。

「やだ、息子が冷たい！　パパ泣いちゃう！」

「なんでパパが泣くの」

少し呆れた。父が泣く姿など思い浮かばない。

「ママじゃないんだから」

だが言ってみてからそれも違うなと首を傾げた。母も泣くような人ではなかった。母は強く、美しい人だったから。

神妙な顔をしている父には私の言葉は耳にも入らなかったらしく、未だ頭上で喚いている。こんなに面倒くさい人物だったか？

放置して無理にでも家の中に割り込もうとしたが父は相手にされないとわかると唇を突き出しつつもあっさり身を引く。すごすご玄関に入って靴を脱ぎ散らかしリビングに上がった。

「ママ帰ったよー久しぶりーどこにいんのー」

私も靴を脱いで洗面所に向かった。見当たらない母を探し、そのうえ洗濯機の中すら覗く父にうがいしてよと声をかける。

「ママは？　いないの？」

「昼間は仕事だよ」

「まじか。なんだ。あ、でも夕方には帰るんだろ？」

「うん、まあ」

「じゃあその時でいいや」

「何かあるの？」

「ばっかだな」

父は威張ったように腰に手を当て胸を張りふふんと鼻息荒い。

「夫婦にはな、ミズイラズの時間が必要なんだよ」

「ミズイラズ……」

「いちゃいちゃすんの！　言わせないでよ！」

「いちゃいちゃ……？」

辞書を引こうとすれば慌てて未だ早いヨ、と止められた。訳がわからない。

乱雑に手洗いを済ませた父は今度は食卓にどっかりついて腹減ったー、ママのハンバーグ食べたいーなどとぼやいている。ため息をついて一番大きなマグカップに水道水をなみなみ注いで奉仕した。自分の分は小さいマグカップに用意する。正面に座ってガブガブと水を一気飲みして、それが腹を満たしていくのを感じていると、父は向かいで首を傾げていた。

「どしたの？」

「いや、……何コレ。水？」

「うん、お腹空いたんでしょ？　お腹に溜まるよ」

「え、っと。お昼ご飯は？」

「今日は朝ごはん食べたからない」

飲まないの？　と首を傾げる。父は焦ったような困ったような表情をしてもたついていたけど、漸くマグカップを手に持った。母や私が持つととても大きくて重いけれども、父の手にはしっくりと馴染んでいた。青色とは対で赤色のものが隣に置かれている。どちらもあまり使われることはないけれど、真夜中に母が疲れているとたまにそれでホットミルクを飲んでいる。電子レンジはあまり使わないようにしているから、母がそうして飲むミルクは格別で、このマグカップもきっと特別なものなのだろう。もしかしたら来客用かもしれない。母はたまに、昼間にお客さんを家に入れることがあると言っていた。今回はただ大の大人にちょうどいい量の水が入る容器を探した結果だった。

飲み終わったマグカップを流しに出そうとする父の手を止め、私は飲み口を軽くガーゼで拭きとる。マグカップはテーブルの端に寄せておいた。父はさっきから無表情だがその顔でさえなんだか滑稽だから、私はよくこの人の遺伝子とやらを受け継いでいるのかと不安になる。勿論血縁を疑っているわけではない。

父はズボンも砂埃で汚くて、畳の上にそのまま座って欲しくはなかったが、リビングにはほかに何もなく、立たせておくのもどうかと思ったので何も言わないでおいた。バックパックの紐を手に遊ばせ、父は楽しそうだ。

「今回はどこに行ってたの」

父は世界各地を飛び回っている。いろいろな場所に赴いて、行った先々で絵を描いたりしているらしい。一度ハワイへ行った時に描いたというとても大きな絵画を見せてもらったことがあるが、一面真っ赤に塗りつぶされていて驚いた。近くで見てみると、一点一点微妙に色味が違っており、ぐわりぶわりと音が揺れた。耳の中に残ってずっと響いているような音に、なんとも言えない喧騒とあつさを感じた。

「昨日までアメリカにいたんだ。ニューヨークだぞ」

よくニューヨークなんて行けたね、という台詞は飲み込んだ。物心ついて間もない頃は、母の前でそれを聞いてしまっていて、父も堂々と答えていたが、何度聞いても似たような手口でもう聞き飽きた。どうせ羽振りの良い飲み友か可愛がってくれる年配の女性かなんかにつけ込んで連れて行ってもらっているのだろう。大抵は相手の行き先に合わせるため行き当たりばったりの旅らしい。万人に好かれる彼は人生で困ることなどないのだろう。私は彼には全く似ていなかった。年相応のしわはあっても父には笑ってできる笑窪に愛嬌があって、どこかしらのあどけなさがあった。そして何より精悍な顔立ち。母と父は陰と陽だ。氷色と緋鯉色。そして私は母のその柔の見た目と限りなく白に近い冷えた色を受け継いだ。父からもらったものはなんだろう。

「ほら見ろよ」

父は風呂敷包みをいそいそとほどき出した。私は父の横にちょこんと座って楽しそうな横顔を眺める。父は鼻が高かった。そこから眉間までが一気に沈んでいて、かなり窪んだところにぐりぐりと強そうなめんたまが光っている。子供のような人だ、と子供がそう思うのもおかしい話かもしれないが、父が羨ましかった。

包みの中から出てきたのは、やはり絵であった。今回はハワイの絵とは違い同じ色相統一というわけではないようだった。どこかの国旗みたいに三色で塗り分けてある。

「これがニューヨーク？」

「いや、今回はな、ニューヨークを感じて描いたわけじゃないんだな」

「へえ、珍しいね」

画面に塗られているのは左から鮮やかな朱色、若葉のような緑、それから白を混ぜた甘そうな桜色だ。一つの面の中で些細な色の変化などは全くなく、清々しいほどのベタ塗りだ。いつもは豪快そうでも父は案外器用で冷静だった。

「ニューヨークの絵も描いたんだけどな、マダムサリースミスがもらってくれたんだよ」

興奮したようにバッと両腕を広げる父は、やはりどこをとっても冷静さに欠いている。大袈裟に首を傾げる仕草は、彼との会話では必須だ。

「サリーはさ、仕事の用事で日本に来てた麗しいマダムでさ、プライベートジェットで俺をニューヨークに連れてってくれんだよ。俺の絵を気に入ってくれたからニューヨークの絵、プレゼントしちゃった。パパ、おまけしちゃった」

楽しそうなところ申し訳ないのだが、プライベートジェットを持っているようなマダムがせっかく絵を欲しがっていたのだったら安くてもいいから売って欲しかった。そういう変なところの潔さや気前の良さが彼のチャームポイントでありウィークポイント、父の父たる所以(ゆえん)だ。

「この絵は置いてくな、力作なんだよ。ケッサク中のケッサク！　俺の中で一番気持ちを込めて描いたんだ」

父は嬉々として語り出す。目がキラキラと輝いていて、私はそれを眺めるのが好きだ。父の細い指がぺたぺたと画面をなぞっていく。

「この赤橙！　これはサリーが持ってたちょっと特殊なインキを使ってるんだ。サリーも美術系に興味があるんだってさ。そのインキと俺の自作の色をうまい具合に配合させたのがこの色ってわけ。真ん中のこの緑はな、ほらそこの庭の、カラタチの木」

指差された先を素直にみる。雨戸の開いたレースカーテンの先、小さな前庭の真ん中にある背の低い木。この時期になると透けるような柔らかな若葉をつけ始め、だんだんとしっかりとしたかたい葉に成長していく。父の横顔を仰ぎ見た。視線が合い、父は笑う。

「あれ、この家に来た時にママと一緒に植えたんだよ。あの葉っぱの色だ」

目を見開いて、窓の先の若葉と画面の緑を見比べた。美しいと思った。瑞々しさがあった。右端の桜色については父は力説することはなかった。そのかわり、なんと言ったらいいのかわからない表情をして掌でゆっくり、桜色の面を撫ぜていた。

父が手洗いに立ったとき、私も同じように画面を触ってみた。ムラのない塗りをしているから滑らかな触り心地で、でも確実に地の面からは浮き出ていた。三色使っていても目を瞑っていたら色の切り替わりがどこなのか全くわからない。

父がトイレから出てくる前に、私もしまっておいたアクリル絵の具を取り出して、筆洗に水を汲んで、画用紙とパレットと筆と雑巾を用意した。マグカップの残るテーブル一杯に絵の具のチューブを広げる。二段に分けてチューブを順番にうまく並べるとピアノみたいになった。テーブルに広がるカラフルな鍵盤は、おおよそグラデーションにはなっているけれども所々に妙な差し色がある。私にとってはそれが普通だったけど戻ってきた父は不思議そうな顔で見ていた。

「これ、おもしれェ並び順だな」

「うん、ピアノの鍵盤作った」

「ああ！　なるほどね」

それから父は私の手元の画用紙をみる。まだ何も描いていない。下書きをするでもないし、試し塗りもしていない。

「なに描くんだ？」

「決めてない。けど、塗りたくなった」

「そうかそうか」

父は満面の笑みだった。私も笑いかけてみた。父には気づかれなかった。

鍵盤からドとミとソを取って、私も画面を定規で三分割してみた。それから左から順にド、ミ、ソと配置する。パレットにたくさん絵の具を出して、平筆いっぱいに絵の具をつけて、ゆっくりゆっくり画面に色を乗せる。画面が染まっていく。ああ、でも凄くぐっちゃりしてる。場所によって色が違う。あれ、水っぽい。でもこっちは絵の具が固い。

「はは、絵の具はむずいだろ～」

「うん。広い面塗るの難しい」

いつも使っているのは小さなスケッチブックで、もっぱらカラーペンだ。絵の具は片付けが面倒で水を使わなければいけないからあまりやらない。学校の図工の時間に使うのはアクリルではなく水彩だ。水彩は水を多く混ぜるから、それはそれで難しいけれど、ベタ塗りをするためのものではない。

「広い面は大きなハケで塗る方がやりやすいぞ。まあまだ手も小さいしセンサイな動きは難しいだろう。初めからうまくはいかないさー」

仕方ないから妥協をして三色さっくり塗った。とても疎（まばら）で斑（まだら）な絵になった。父はまた笑っていた。

大きすぎる父の絵は、二人で二階のアトリエまで運んだ。前にアトリエのものを全て売り払ってから、暫く母はアトリエには入っていない。どうせいつかはフリマアプリで安く売り払われるのだろうが、がらんどうの灰色の部屋の奥に一枚佇む三色の絵は異常なほどの存在感を持っていた。雨戸の隙間から漏れ出るか細い太陽光を背に逆光で絵画はそこにいる。父は非常に満足そうだ。

「ていうかほんとにものねーな。俺の道具まじで売っちゃったの」

「うん、でも物置部屋のものは残ってるよ」

「そんなお金困ってんの」

身一つでこれっぽっちも金に困ったことのない父には理解し難い話なのだろうか。つくづく不思議な人だと思う。誰にでも貢がれるなんて、なかなかないし、すんなり享受できる厚かましさというか、図太さも日本人には大抵ない。

「ママ仕事してんだろ。なんの仕事なんだよ。あってないんじゃん？　転職したら？」

簡単に言うなあ、それが大変なんだ。父は時に極端に楽観的だ。そう思いつつも、たかが八歳の冷静さというのは大人には全く勝らない。状況判断能力が低いのは仕方のないことだが、発言の思慮深さは一朝一夕では身につかないというものだ。

「スーパーとか、あと夜遅くまで働いてるよ」

「は？　ブラック企業なの？」

「ブラック？　そこのアサヒスーパーだよ」

「そうじゃなくて、朝から夜までずうっと働き詰めなのかってこと」

「違うよ、夕方には帰ってくるって言ったじゃんさっき」

「じゃ夜ってなんだよ、コンビニのバイト？」

「コンビニのバイトに化粧なんて必要なの？」

父はすっかり黙り込んだ。いつもは能天気な表情をしているのに、彼の顔は眉を顰め眦(まなじり)が吊り上がり口はへの字に歪んでいる。真剣な表情にこの人にもこんな威厳があったんだと思った。父の組んだ腕は日に焼けている。健康的な色というのはこの色を言うのだろう。私は何も言わない彼の腕に自分の両掌を被せそっと指を回した。

「悪い、今日やっぱもう家出るわ」

しかめっつらの父を初めて見た。母に家を追い出されても公園のブランコなんか漕いでヘラヘラ笑っていたのに、今は随分と怒っているようだ。

父はぐちゃぐちゃに散らかし広げていた荷物をテキパキとバックパックにしまっている。いつのまにか外されていた手で慌ててもう一度腕に取り付いた。

「ねえ、次は？　どこ行くの？」

「どこ行くのかなんてわかんないっていつも言ってるだろ」

「じゃ、じゃあ、いつ帰ってくる？　泊まってかないの？」

「うん」

父は断固として譲らなかった。

「用事ができた」

父はそのあと「ママには帰ってきたこと言うなよ」と一言告げて真顔で家を出て行ってしまった。クーラーの効いていない暑い家の中に、一人取り残された。部屋の気温はだいぶ高い。汗をかいた。きっと冷や汗というやつだ。背筋が少し湯冷めみたいに冷えたからそう思い込むことにした。


夏が来た。じめじめ夏が来た。暑い。家の中。クーラーはつけない。扇風機もない。閉じ切ると熱が籠る。最悪外より暑くなる。木造建築、一軒家。雨戸、カーテン、窓全開。

母はもうずっと家に籠りっきりだ。夏になって体調を崩してしまってから随分酷い様相になってしまって、仕事先から当分店に来るなと言われたらしい。スーパーもそれから休んでしまっている。無断ではないらしいが詳しいことはよくわからない。うだるほどの暑さで私の頬は上気している。頭から汗が止まらなくて、縁側みたいなところから遠慮なく足を外に突き出して風を浴びながらはあはあ口呼吸する。扇（あお）いでいる団扇（うちわ）は温風しか生み出さないけれど、たまに風の止む夏の午前、藁にも縋（すが）りたい。足は蚊の餌食になっている。猛暑とはいえ茂みのある我が家の前庭には蚊がたくさん。私はこんな状態なのに、母はずっと顔が真っ青だ。汗はかいていて、暑さは感じているのだろう。そこそこ食べているし、就寝時間も普段より早い。なのに体調は一向に回復に向かわない。かと言って衰弱しているわけではないが、多くは不快なこの環境のせいだろう。一度家を売り払って安いアパートにでも引っ越そうと幼いながらに頭を必死に使って捻り出した答えは、静かな笑みに阻まれた。それはできないの、と諭すように言われた。前庭の段石に並んで座って、遠くを見ている母は楽しそうに笑っていた。

「アパートじゃ、だめ」

「じゃあマンション」

「それも、だめ」

「なら他の一軒家は？　黒山町あたりならここらへんの住宅街と比べてちょっと安いって聞いた」

「だめなものは、だめなの」

わからない子ね。

そう言ってまた母は笑った。なぜだめで、何がおかしいのかわからなかったけれど、久々に笑っている母を見た私はうれしかった。

夏休みに入ってから母は一日中寝るか、座って頰杖をついているくらいしかしていない。昼ごはんに冷や飯を食い、夜にはもやし一杯の味噌汁。水道水は一日五杯飲んでいい。昼と夜は食器を使い回す。たまにかかってくる電話に出る。長電話をする。激昂した母が謝絶するように電話を切ることもあった。するとその日はそれ以上は電話はかかってこないけれど、母は私のことを放って布団に入ってしまう。私は母が完全に眠りに落ちるころを見計らって寝室に忍び込み、その横で団扇を扇ぐと漸く母は少しだけ穏やかな顔を見せる。

母は寝ている。最近、母は私を見ない。時折、一瞬だけ、視線を感じる。目が合うのは数日にいっぺんのみ、でもそれが恐ろしかった。目を合わせるのが怖かった。運動会のあったあの日から、もしかするとそれよりもっと前から、母と目を合わせるのはとても怖くて、心臓が握り潰されているような、首元を圧迫されているような気分になる。目が合うのは一秒にも満たない。でもそのコンマ数秒の合間に、締め付けられて行き場を失った頭部の血は、頭頂部に一気に溜まって沸騰して私の脳を茹で上げるのだ。汗が瞬時に吹き出て、何をすればいいのかわからなくなる。

今日も今日とて寝室で寝入ってしまった母の横顔は、鋭い線を描いていた。鼻筋をなぞり上げ上へ向かったあと、薄い唇へと一気に下る輪郭線だ。団扇を止めて手を伸ばしかけて、やめた。不毛。

立ち上がる、午前十時。朝を抜くのは夏に入って何日連続だろうか。そんなことは気にもならないほどに汗が出る。汗が出ると貴重な五杯を全て無駄にしているような気がしてならない。急いでコップ八分目の水道水を流し込み、テーブル横の黄ばんだ小さなブロックメモにボールペンで走り書きをした。いつもは丁寧に書くことを心がけている漢字も平仮名も、読めないほどに崩れている。書き直す気にはならなかった。寝室を覗いてみても母は熟睡している。鞄に幼い頃貯めたなけなしの小遣いと団扇と宿題のドリルを何冊か詰め込み、玄関で靴を履く。グラウンドで転げた靴は草臥(くたび)れて泥汚れが酷い。地域の野球クラブに所属している少年たちの靴に似ていた。

「さようなら、ママ。行ってくる」

リュックの両肩紐を持って今一度背負い直し、私はドアを開けた。

アスファルトは歪んだ空気に揺れ蠢き、蟬を引っ付けた木々が鳴く。

母を苦しめる存在となるな。家にいるだけで金を費やすな。それなら外に出ろ。いっときでも長く、外にいろ。たとえ色が煩く行手を阻み耳を塞ぎたいときでも、家に長くいることは許されない。母を苦しめる存在となるな。守れ。耐えろ。凌げ。

脳内ではそんなことを洗脳のように何度も何度も繰り返したが、真夏の太陽の直線的な日差しに晒された体はすぐにいうことを聞かなくなる。途方に暮れるしかなかった。それにどこに行けばいいというのだろう。暑さを凌ぎたいならスーパーやデパートだが、スーパーには座れる場所がないしデパートは歩いて行ける近さじゃない。食べ物はどうしよう。試食コーナーを食べ歩くのは避けたかった。だけれども泊めてくれるような知り合いなどもいない。そんなことを逡巡していたときに、脳裏をふっとレモンイエローが掠めた。清涼な香りと高い明度。

檸檬先生の家がどこにあるのかは知らなかった。送ってもらったあの日に、彼女はそのままタクシーで走り去っていったから、歩いていける距離ではないのだろう。通学定期は使用しているのだろうか？　土地勘がないわけではなさそうだったから、区外に住んでいるわけでもないだろう。そういえば、あのホールにはソファもクーラーもあったな。徒歩で行けなくもない距離だ。気温のことを考えてみても、歩いていける最大距離のぎりぎりの範囲内であった。

上昇傾向にある気温と炎天下、二十分歩くだけでも体に響いた。一歩進むごとに鉛のように重くなる。体の水分は汗で全て出て干からびてしまったようにも感じるのに、身が軽くなることはない。これ以上汗を流したら死んでしまうのではないかとさえぼんやりと感じた。遠くでサイレンがなっている。蝉が青空を横切る。向こうの空に入道雲。てっぺんが平らに伸びている。天井でもあるのかな。背の高い人が暖簾（のれん）を潜る瞬間みたいだ、とちょっと面白かった。視界は眩（くら）んでいる。瞳を涙が覆っているのだ。目頭を強く擦った。早くホールに行きたい。でも走ったらきっと死ぬ。あのサイレンが近づいてくると、きっと白い静かで涼しい空間に行けるのだろうけど、そうしたら横には母がいる。きっと。だからだめだ。確実に、今私は絶対にホールに辿り着かなければならないのだ。

歩道をふらつく私の横を、白い軽自動車がびゅんと追い抜いていく。爽快な走りを見せて、青信号を駆け抜ける。ああ、いいな。手を伸ばしてみたらパースのぐちゃぐちゃな視界に細い生白い手が見えた。細い指。きっと将来母みたいな指になるんだ。父とは似ていない。父は家にいないから、母だけ見て育ったから、きっと母に似たのだ。だから私は将来きっと母みたいになるのだ。

奇抜なデザインのホールが、目の前に厳然と佇んでいる。背後に白雲を控えさせて、堂々と背筋を伸ばしている。灰色めいたコンクリート塀と、人気のない大理石の床。入り口から中に入ると自動ドアが開いた瞬間にその細い隙間から一気に外に冷気が押し寄せた。寒暖の落差にぶるりと体が震える。ふうと息を一つ吐いて、慣れないホールに独りで踏み込む。梅雨前、来たばかりのホールだが、この間とはやはり勝手が違う。でも正面に見えてくるインフォメーションカウンターにいる女性二人は、ぼんやり見覚えのあるような色をしていた。

恐る恐る近づいて、手前の柱の陰から注視する。不躾な視線はよくないけれど、心底びびりだった私は、向こうから気づかれないように観察をしようと必死だった。人はまばらにしかいなくて、カウンターに近づく人はそれこそ一人もいないのに、彼女らはぴんと背を伸ばしている。凜とした眉と涼やかな目の上に、見たことのある色が乗っている。

あ、そうだ。あやめ色だ。

つい身を半分前に乗り出したら、ぱちりと向かって左の受付嬢と目があった。思わずわ、と声が漏れ、彼女は耳聡くそれを拾い上げたらしく、口元から耐えきれない吐息をこぼした。その笑みがちょっと愛らしい感じがしたから、年上に愛らしいというのも変だけれど、私は釣られるようにふらふら彼女のもとに近寄った。

「こんにちは」

「こ、ん、にちは」

彼女は腰を少し屈めてにこやかに笑った。私に気づいた隣の女性も同じように挨拶をしてくれた。

「坊や、確かお嬢様の運動会の日に一緒にいらした子よね？」

「あ、えと、はい」

お嬢様、というのはおそらく檸檬先生のことだ。前もそう呼ばれて怒っていたような気がする。それに、あの粗暴な檸檬先生がお嬢様と呼ばれていることに少し違和感があって、印象に残っていた。

「ああ、そうだったわね、あの、お嬢様のお気に入りの子でしょ？」

「お気に入り？　どうでしょうか……」

少し声が揺れたか？　緊張している。目上の人と、ほぼ初対面で話すのには慣れていない。そもそも話しかけてくる人が日常で檸檬先生ぐらいしかいないから、人と話すのも一苦労だった。

「お嬢様、ちょうど今大ホールにいらしてますよ。毎日一日中いらっしゃるの」

「来てくださるのは嬉しいけど、ホールは寒いし、大丈夫かしら」

「ねえ、もっと体を動かさないと、お嬢様のお体にも差し支えが……」

カウンターの二人はすぐに顔を見合わせてどこか思案顔であれこれ言い出す。その二人のあやめの色を交互に見遣っていたら、すっかり忘れていた、というようにまたこちらに向き直った。

「そういえば、今日は何かご用事？」

「大ホールは本来坊や一人じゃ借りられないからね？　使いたいなら保護者の方と一緒に小ホールとかがいいと思うけど」

「あ、えっと、その」

実を言うと深い意味はない。ホールを思い出したのもたまたまだし、暑さ凌ぎのためというのが第一の理由かもしれない。でも正直に言うのは彼女らの親切の手前憚(はばか)られた。

迷った挙句に慎重に口を開く。

「あの、お姉さんたちの、アイシャドウ、綺麗な色」

質問の答えにすらなっていない。私は慌てて脳を回転させて追加の文言を考える。

「えと、その、その、印象に残ってたんです、アイシャドウ、その、青紫っぽい色」

ちらとお互いに視線を交わした受付嬢はふわりと笑んだ。綿菓子みたいな笑みだ。こんな笑い方する人、いるんだなあ。最近人の笑った顔なんて見てなかったから。

「これね、お嬢様のお父様の会社の化粧品でね」

「宝井堂ですか。先生が言ってました。お高いやつだって。ヴァイオレットクールブルーだって言ってました」

「先生って、お嬢様のこと?」

「そうです。いろいろ教えてくれるから、先生です」

「このアイシャドウのこともお嬢様が教えてくれたんだもんね。それにしてもよく覚えてるなあ。色なんて、忘れかけてた」

「右に同じ。でも確か、宝井堂のコスメグッズだからってだけじゃなくて、これ、コラボ商品だから余計高いんだよね?」

「あ、そんなことも言ってました。多分」

女性は白く丸っこい指先で、触れないように瞼をなぞる仕草をする。あやめ色。やっぱり、すみれじゃなくてあやめだよなあ。

「海外の、なんだっけ。有名な雑貨の企業?かなんかだったよ。向こうもこっちもそれなりに安定している同士で組んで波に乗る、みたいなね」

「まあ、どっこいどっこいって感じだったよ」

「へえ」

会社事情はよくわからない。ただ、海外と組むなんて漠然とすごいなあと思った。海外ってどこだろ。外国と言われるとアメリカが一番に思い浮かぶ。ちょっと、偏見かもしれないが、けばけばしいイメージがあったから、あやめの色の上品さはすごく好ましかった。

「坊や、お嬢様に会ってくる？　多分また、DVD見てらっしゃると思うよ」

「せっかくだし、そうしたらどうかな？　ついでにお嬢様にクーラー病になるよって言っておいて」

ぱちりと濃い睫毛(まつげ)でウインクをされたら、頷くしかなかった。私は赤いカーペットの上を一人で歩いた。毛の短いカーペットだけれど、十分に私の体重を吸収してさくりと沈む。ちょっと、雪みたいだった。ひんやりしていて、心地がいい。一瞬の快楽に浸っている気分で、なんだか恍惚とした。ガラス張りの壁から見える外は相変わらず彩度の高い青で形成されていて、上から殴りつけるような日差しが差し込んでいる。

腹が減った。

一人でホールの重たい扉を二枚開ける。音楽室の扉よりも重い。前に学校行事でここに来た時は、みんな教師の力を借りずともそこそこに自力で扉を開けていたのに。私の腕は小鹿の脚よりもがくがく震えていた。

なんだか寒いと思ってしまった。エントランスとレッドカーペットよりも、大ホールは冷え切っていた。一階席の中央付近に直結する扉から中に入れば、視線の真正面の暗がりの中に、ぼんやりとレモンイエローが浮かんでいた。私とはちょうど九十度向きが違って、彼女は食い入るようにスクリーンを見ている。黒の中に不意に浮かんだ出入り口からの光は、檸檬先生の視界の端にも映り込んだらしく、先生は緩慢な動きでこちらを振り返った。

白のスクリーンに映るさまざまな色の反射光で、先生の高い鼻の左側全面は凹凸さえおぼつかないほどに白かった。スクリーンと真逆に配置された顔の右側には今度はかなり濃い影を落としている。色素の薄い瞳だけは、両側で爛々と光っていた。

先生と私は暫くじっと黙って見つめあった。先生は手負いの獣みたいな表情だったけど、逆光の私にようやく気づいたみたいで強張っていた顔を緩めた。

「少年じゃん」

映像しか流れていないだだっ広いホールのど真ん中、たった一人呟いた檸檬先生の掠れ声は、真っ直ぐ私の元へ届いた。僅かに頷く。すると先生は私を手招きした。拒む理由もなく、私は従順に、先生の座る席の横まで歩み寄る。淡々とながれていく色彩音楽を人差し指でさして、先生はわざとらしく首を傾げた。

「ね、なんの曲かわかる?」

白い画面に、前に見せてもらったのと同じように色が浮かんでは伸びて消えていく。私は暫くじっと見つめた。

かつーんと跳ねるような短い音、弾むように沢山の色が出てきている。細かく刻む鮮やかな音。

「は、る。ヴィヴァルディ、の……」

「ご名答」

檸檬先生は面白そうに両手の指をクネクネと絡み合わせる。

「人によって音と色との関係に大きな違いがあるはずだけど、お前と私は本当に似ているね」

でも微妙に、本当に少しだけ、些事ではあるが、なにか嫌だなという思いはある。音と色は完全には一致していないのだ。明度、彩度、色相。どれか一つが一パーセントでもずれた時点で、音楽も変わる。どんなにチューニングしても合わない、根本的なところに欠陥のある楽器みたいなものだ。

明るい曲だ。色味も心なしか明るい。

なんか、やだ。

その思考が去来した時、突如私は腹の底から込み上がるものを感じた。実際には中にはなにも入っていない。ただ、喉の奥よりもっと奥が酸っぱくなってつぅんとして、顔から血の気は引いていくのに、はらわただけは妙に熱い感覚。

先生の顔から視線が外せない。檸檬先生は徐に私と顔を合わせ、徐々に目を見開いた。

「しょうねん」

「先生」

先生の話を遮った。口元に掌を持ってくる。

吐きそうだ。気持ち悪い。いろいろ文句も出てくる。でも言いたいような気がするそれらは、先生の前にあっけなく霧散し、意味をなさない。

「先生、誰もいない、静かなところに行きたい」

檸檬先生は大口開けて笑うことはしなかった。めずらしい角度で顎を上向け、睫毛は天井をさした。

「じゃあ」

先生の声はあくまで澄み切っている。

「海に行こうか」

2

ホールは地下二階で駅に繫がっている。手を引かれた私はゆったりした速度の先生の半歩後ろを歩いた。平日の十時半、改札は無人だった。窓口のところに眠そうな顔をした駅員が一人座っているのみである。ＰＡＳＭＯとか持ってる？　と聞かれたから首を振った。チカチカ揺れる照明の下で、檸檬先生は相変わらずの分厚い財布を取り出した。

「先生、お姉さんたちは今日もあやめ色を塗ってたよ」

「ああ、うん」

「あれ、あの色、いい。あんな感じだ」

「なに、今日はノスタルジックな気分？」

先生は茶化してるみたいな台詞回しだったが、声音は恐ろしく平坦だった。頭上に貼ってある路線図を確認しながら流れるようにタッチパネルを操作しており、その動きを目で追ってもなにをしているかよくわからなかったから早々に諦めた。

「別に……。あれ、高いんでしょう？　先生はつけないの？」

「あぁ……ねぇ……」

上の空の返事だった。万札を機械に突っ込んでいる。お札は無理に入れられようとしているためよれていた。

先生の瞼は薄くて、重なったところも透明で、暗いライトの下で薄ぼんやりと鼠色をしている。睫毛の根元らへんは少し銀色に近いペールオレンジだ。そこからぐっと曲線を描いて睫毛が上を向いていて、濃い影を落とす庇となっている。虹彩が暗くなっているから彼女の美しい顔は余計に憂いを帯びて見えた。そこにあの青が乗っていたらどうだろう。あやめの花でやわく、そっと染め上げたようなあの青紫が彼女の目元に置かれていたら、どうだろう。すっと縁にひいて、そこから上に瞼にそってふうわりと色を広げて、青と肌色が混じり合う境界の曖昧な目元など、言うまでもないだろう。

想像に耽っている私の隣で、先生はぐっと眉を寄せて私を見下ろしていた。

「気色の悪いことを言わないで。だいたいね、中学生とかが化粧なんてするもんじゃないの。お子様が背伸びしたところで意味なんてないの。カッコ悪いだけなの」

「そうかな」

「そゆもん。ほら切符。なくすなよ」

右手に無理やり持たされた切符は硬かった。

改札機は切符を飲み込んで、一瞬で穴を開けて返してくれる。先を行く檸檬先生の歩は先ほどの比ではないほどに速い。小走りになって追いかけ、隣に並べばまた速度を上げられる。先生は顔にしわというしわを浮かべていたが、だんだんと意地の張り合いめいてきたそれに、とうとう先生が吹き出したのはホームに着いた時だった。

赤い車体の電車が轟音(ごうおん)とともに走り込んでくる。久々の電車だった。鉄の塊。そうこれは鉄の塊。それ以上でも以下でもないのだし、害もないし、言ってしまえば楽なブンメイノリキというやつだ。時間帯からか、今は車内に人も少ない。でもやっぱりものすごい音がするそれと、中にいる沢山の人に気後れして一本めは見送った。

電光掲示板に一瞥をくれて、先生は私にそっと掌を差し出した。なんの意図があったのかは測り兼ねたが、私は腹を空かした獣のようにそれに飛びついた。しなやかで肉のついたその手を両手に抱え込み、自分の胸に押し付けた。

『まもなく、三番線に、電車が参ります……』

固いアナウンスの声がして、黄色のタイルの後ろまで下がり、同時に引っ張られた先生も右足を後ろに下げる。

ドアが開いて人が降りて、先生は私の真横にいてくれた。一緒に足を一歩踏み出し、鉄の塊の中に入り込む。

うだるような暑さだった屋外ホームから、電車内の冷えた空気に早変わりし、私はぶるりと震えを感じたが、次第に心拍数は落ちていった。

「東京駅は十分ちょっとで着く……らしい。そこで別の路線に乗り換えるから」

先生はスマホを弄(いじ)っていた。スマホなんて持ってるんだ。金持ちはさすがだなと思った。物珍しくてシルバーのボディを見つめていた。カバーはつけていない。シンプルだった。ストラップとかをつけるものだと思っていたから違和感が拭えなかった。しかし考えてもみれば、先生の携帯電話にストラップがついている方が違和感があるかもしれない。

車内はわりと静かだった。色は落ち着いている。人もまばらで音もない。外で聴いているとあんなにすごい音を出しているのに、車内は思いの外音が遮られているようだった。手を繋いで、真ん中に突っ立っていた。アナウンスだけ、淡々と流れていく。たまに檸檬先生の声が微かに聞こえる。それに二、三言返す自分の声もまた微かだ。でも話せないでもない。体が冷えてから一気に汗が吹き出してくる。たった数分間、日差しの遮られている外にいただけなのに、背中が嫌にびっしょりした。へんに静かなのは、逆に怖い。静かな場所は家しか知らないから、電車内はいいような、悪いような、へんな気分にさせられる場所だった。

トンネルに一度入って、川の上を通る時だけ外を見た。川の水は青かった。それよりも空の方が青くて、外の映像を断ち切るように現れるトンネルの暗闇に映る顔はもっともっと青い。

「新車両じゃなくてよかったな」

「そうなの？」

「新車両は結構色合いどぎついからさ」

「それはだめだ」

「ほらついた。降りるよ」

言われるがまま手を引っ張られてホームに降り立つ。乗ってきた駅とは違い、完全に地下で、日差しは遮断されているようだ。しかし暑い。

階段を上ってすぐの改札を抜けた。

さようなら、僕の切符。そこに吸い込まれた後、お前はどこにいくの？　改札機の胃液に溶かされてしまうの？　夏は暑いもの、その鉄の中じゃ暑くてかなわないんじゃない？

先生はさっきと同じように券売機の操作をしている。

「はい、切符。次の電車はちょい長いからね。もう快速来ちゃうから急ぐぞ」

「先生は切符いらないの」

「ＰＡＳＭＯあるから」

リネンのシャツの胸ポケットから出てきた先生のＩＣカードは、スマホと同じようにさらのまま。なににも包まれていない。そこにも先生らしさを感じる。

路線が違うとは言ったが、改札一つで雰囲気は大きく違った。駅はひとつなのに、会社は違うんだ。

それよりも人がとにかく多い。昼間でこの量なら朝や夕方はどうなるんだろうか。色が混ざり合って音で溢れかえって、煩(わずら)わしい。

「少年はリュックになに入れてる？」

「宿題」

「面白みのかけらもねえな」

「僕に面白さを求めようとする時点で間違ってるよ」

「いやお前は面白えやつだよ」

先生はへんなところで笑った。

乗り換えた快速電車も、空いていた。さっきの電車よりも空いていた。長い座席の真ん中に、手を繋いだまま二人で腰を下ろす。丁度手摺りが間に入って、私と先生の繋ぎ目を覆い隠す。

「少年は電車あんまり乗らんだろ」

「わかる？　わかりやすい？」

「わかりやすい。きょどりすぎ」

「先生は？」

「あんま乗らん」

「同じじゃん」

「私はＰＡＳＭＯ持ってる」

「遠出しないの」

「車で行くから」

金持ちは違う、と思った。先生は膨らみの途中にあるポケットのＰＡＳＭＯをするりと撫で上げる。爪が緩やかに光って、トンネルに入る。

「なんでＰＡＳＭＯ持ってるの、いらないんじゃない」

「まあ、あれば家出に困らねえよ。運転手も家出のために車は出してくれない。パパ優先だから」

「イエデ」

なんでもない風に流れていく単語だったが時間をかけて捕まえた脳は混乱した。

「家出よくするの」

「まあ、今はあまりしないよ」

していたら大問題だと思う、しかし今の私にそれを指摘する権利はない。くるりと窓側に目線をやる。疲れたような顔は若干母に似てる。父にはやはり似ていない。

甘い香りがする。隣の先生はいい匂いがする。それは心にしまっておいた。アイシャドウを嫌がるのだから、香水と言っても気に障るだろう。柔軟剤の香りだ。とふっと息を緩める。

駅をいくつか飛ばしながら、電車は目にも留まらぬ速さで突き進んでいく。ホームの人が一歩離れたところで私たちを見送っているのが目に入る。この新しい路線はわりとずっと地上を走っている。ビルばかりで遮られていた視界は徐々に開かれ、団地や河川敷の野球場が姿を現し始める。汗をかいていた繋いだ手のひらがだんだんとぬるま湯に浸かっているような生暖かさでふやけていく。指の先っちょが徐々に丸くなっていくような、そんな感じ。

随分と揺られている。もうとっくに家まで歩いては帰れない。

先生は一度手を離して立ち上がり、それからもう一度緩やかに握りしめてくれる。降りた駅はやっぱり屋外ホームで、申し訳程度のささやかな屋根がついている。

乗り換え改札では切符を改札に通すと戻ってくるようで取り忘れかけた私は檸檬先生に脇腹を小突かれた。一本の指先に思い切り力を込めていたのか、抉(えぐ)られるような痛さでつい脇腹を押さえたくなった。ほぼ反射的に動いた手は先生に握られていた方の手で、ようは先生を自分の方に引き寄せるだけで終わった。私の方に少しだけぐらついた先生は目を丸くしていた。ちょっと珍しいなと悠長に考えていたら、甘い香りがした。

ホームについている緑色の時計はお昼を示している。乗り換え先の駅もあんまりの暑さだ。視界はぐぢゅりと軋む。

まもなく電車がホームに到着し、それに乗る。わりとスムーズに乗れた。無人。否、人はいる。しかし誰もが手元のスマートフォンに視線を落としており、電車の轟音が微かに入り込んでくるだけである。彩度のない電車の中に、薄く色が浮いているだけ。

手を繋いで乗り込んできた私たち二人を、わざわざ顔を上げてまで観察するものはいなかった。

がたんがたんと電車がゆっくり進みだす。

海に行くと言っていた。まだまだ内陸なように思える。高いところを走っているから、より遠くまで見渡せているはずなのに、向こうには山ばかりが見えるし、反対側を見ても延々田んぼと家が連なっている。もう東京ではないのだろうが、海は見えないままだ。地平線は思いの外境界線がぼやけていて、遠くに行くにつれ青味が増していくのを見ると、もはや海があっても気付かないだろう。

そもそも、海に行ったことがなかった。そのもの自体は知っている。昔テレビで夏になると海開きが、というように聞いたし、図書室で開いた世界の図鑑や旅の夢を見たときも確かにそこにあった。

海は青い。空とひっついていて、空も青い。水は掬い取ってみると青くはないらしい。水が無色透明なのは当たり前だが、海になれば色がつく。本当だろうか。写真や動画なんて、今の技術ではいくらでも簡単に捏造できてしまうし、実は透明なのかもしれない。海が透明であれば、地球の肌が、向こうまで透けて見ることができるはずだ。その透明な中に色鮮やかな魚が泳いでいて、複雑な形をしているのかもしれない。

空腹感に襲われた。

窓の下の方から太陽を覗き込んだ。天辺にあったはずの太陽は、今は少し傾いているようだ。

「先生、お腹すいた」

「すいたな」

先生はそれっきり黙り込む。私は先生の方に体ごと向き直った。先生は私の耳を手で覆い隠してしまった。

景色はそれほど代わり映えはしない。変わらずずっと同じ景色を保っていて、ちっとも海は見えてこない。

塞がれている耳は、強く押さえられているわけではなく、逆に振動を中で反響させて、ごうごうと嵐の中にいるようであった。

ずっと地上を走っていたのに、急に辺りは暗くなる。びゅんびゅん横をすり抜けていく薄黄色のライトが、トンネルであることを示唆した。

先生は私の耳元に唇を寄せる。耳朶(じだ)に温かい吐息を感じた。

「ねえ、初めて?」

うみ。

耳の奥で先生の甘やかな声がこだまする。ひとつ瞬き。窓の外の暗さが、先生の瞼の白さを妙に引き立たせた。ゆるく頷いた。私の頬の上を電灯が通過していく。数センチだけ向こうにいる先生の、熱気に赤らんだ目元。

ごうん、ごうん、と電車が唸る。

檸檬先生の手はするりと動いて耳朶の付け根から顔の輪郭をなぞり、私の目を覆い隠した。せんせ、と声が掠れて、先生はふと小さな吐息を耳元で溢し、私は身を捩る。鼻先に柔らかい布が当たり、澄んだ香りが広がる。隠されて真っ暗だった瞼が、青くなった。

「少年、目を開いてご覧なさい」

先生の手の柔らかさが離れていくのを感じ、同時に先生の微かに揺れる声が耳に入る。力のこもってしまっている瞼を、先生の指がなぞっていった。私は目を開けた。

先生の顔がそこにあった。その真ん中に整然と配置された黒目の中に、私の顔が大きくうつっている。先生の唇が弧を描いた。唇の先までしっかり赤くて、それをつい目で追ってから先生の人差し指が窓をさしているのに気づく。ああ、さっき少し明るくなった気がしたのはトンネルを抜けたからだったのかと頭の隅で理解し、それよりも早く顔がそちらを向いた。

「あぁ」

ガラス一枚の向こうに、碧が広がっていた。

目の前にある窓の、雨風にさらされ続け傷ついたかさかさのガラスなんかではない。磨き上げられ、全てを反射するほどの硝子のような、サファイアを溶かし込んだような、空を流し込んだような、美しいあおだった。

「うみ」

うみだった。海がそこに有った。

「海、海……」

うわごとのように呟いた。口を開いたまま、押し出されるのはその言葉だけで、私は海に喘いだ。目を潰さんばかりに海は私に襲いくる。先生は私の頸(くび)を撫でた。

海はその表面にいく筋もの白い光をたたえている。突き抜けるソ♯。澄み渡る衝撃的一音。空に似ているのに、空とは全く違う音をしていた。

「あ、ぁ、あおい、あおいよ」

「海だよ。山を抜けたんだ」

「せっ、せんせ、海だ」

「うん、いいだろ」

「先生、海だよ！」

膝に少し硬い電車の椅子の座面が直に当たる。先生が私の脇に手を差し込み、少し浮かせて、先生の膝の上に乗る。首の後ろに手を回して、胸と胸を合わせて、向かい合って、先生の肩口から窓の外を見つめる。

「青いねえ」

「空をうつす鏡なんだよ」

「そっか」

軽く手を伸ばせば指は窓ガラスに阻まれ、先生に連れ戻された。

「少年」

どろどろな声だった。シロップを煮詰めて焦がしたような声だった。ぱっと振り返って先生をみると、真っ黒な目の中に私がうつりこんだ。私は間抜けな顔をしていた。目を開き切って、口もぼんやり開いていて、白っぽい歯と赤黒い舌が覗いている。

「次の駅で、到着だよ」

ぐっと両頬を挟まれた。唸るような声で返事をした。

窓の外で海はギラギラしている。


駅のすぐそばにある食事処で先生はそばをすすりながらスマホをいじっていた。お茶の交換にきた老婆はちらりと私と先生を見遣る。

「お嬢ちゃん、お母さんたちは？」

「宿に泊まってるよ。うちら海に行くんだ」

とぽとぽとお茶は注がれる。湯呑みがかたりと音を立てた。老婆は気の良さそうな笑みを先生に向けて、ゆったりと口を開く。

「今日はこの後雨が降るよ。やめときな。一週間前からずっとそんな予報だったし海にはもうきっと人もいないよ。危ないよ」

「そうだね、じゃあやめとくわ」

先生のスマホの画面を覗き見ると、そこにはこの辺りの天気予報が映っていた。なるほど、夕方前には雨が降り出すようだ。早朝にはやむらしい。気温もこれから一気に下がるようだ。昼間はこんなに暑いのに。

「雨が降ると気温も下がるし、海水浴日和じゃあないよね。ラッキー」

「なにが？　先生海水浴しないの」

「すーるわけねーだろ！　水着きらい。違うよ。海を見に行くんでしょ。人が多いと酔っちゃうじゃん」

「あ、そっか」

ついにやけた。頬をつねられた。

ざるそばをすすって、金を払う。老婆からは何度も海に行っちゃダメよと言われたが、先生は愛想の良い笑顔で「ご親切にどーも」と言うだけだった。店の引き戸を引いて外に出ると確かにさっきまで嫌に青々していた空も灰色の雲を被り始めていた。どんよりと夏の空気がけぶる。押し込めるような熱気の中に、冷えた風が吹き下ろし、先生の長い髪を揺らした。

「行くよ」

「でもいいの？」

「いいよ。まだ雨も降ってないし、波が高くなるわけじゃないらしいから」

大雨というわけではないようで、海に行ったからといって無闇に沖に出さえしなければ何ら問題はなさそうだった。ただ着替えを持っていない私は雨に濡れるのはやだなとだけ思っていた。

駅は随分と海に近いところにあり、海はそばを食べた店から本当に目と鼻の先にあった。海開きはとっくにされていて、一応係の人もいたが、まだ雨の降っていない状況では無理に止められはしない。子供二人だけで砂浜に向かう姿に異様な視線を向けていたが、係員はなにも言わなかった。私は檸檬先生のシャツの裾を軽く摘む。すぐそこに轟轟と波の音が聴こえる。

砂浜は灰色だった。思っていた健康的なペールオレンジではない。曇ってしまったからかもしれない。濡れたところはてらてらとぬめったようで土色を混ぜた濃いグレーだった。その先から押し寄せてくる鼠色の泡と紫陽花みたいな色の波。電車の中から見た、宝石のような海はそこにはない。太陽が雲に隠されてしまっているから、海は殆どその青さを失っていた。ところどころ切れている雲間から見え隠れするほんの少しの青空がまだらに浮かんだ。足を浸けてみるとひんやりとまとわりついてきて、そこに冷ややかな青さを感じた。ギラギラしている、夏の海、は確かに美しくていいなとは思ったが、曇りの日の海も冷淡さと相まって静かな美が横たわっているようでなかなか悪くない。

空を溶かし込んだ青い海は、今は灰色の雲を練り込んだみたいな感じになっている。鏡みたいだと言ったのはあながち間違いでもなかったのだろう。空模様を映しているからさっきは青くて今は灰色なんだ、と思った。

いつのまにか先生も靴を脱いで横に立っていた。私が無意識のままに脱ぎ散らかした汚いスニーカーは、先生に拾われて今は波の届かない奥まった砂浜に綺麗に先生の靴と揃えられて座っている。砂浜には誰もいないのに整然と置かれている靴はなんだか滑稽にうつった。私がほんのり笑えば、先生も笑って、私の脇に手を差し込み抱き上げた。先生の肩に顎が当たり、少し背を反らして顔を覗き込む。悪戯っぽい表情だ。

「もうちょい、入ってみない？」

薄い唇がきゅっと持ち上がって、締まった目尻が目の前にくる。囁かれた声に閉口した私を、先生は意地悪く眺めている。

「服が濡れちゃうでしょ」

「それもそうだね」

無理に引き絞ったような声も、先生があっさり肯定したことで霧散した。

先生に脇を引っ摑まれたまま靴があるところまで引き返す。別にそこまで深いところに行っていたわけではないし、先生の足首がつかるほどの浅さだったけれど、波は思いの外力強かったし、素直に抱えられたままでいた。そんな私を見透かしたように先生は笑っている。気分が悪い。

雨が降りそうだ。

「もう三時だよ三時。三時のおやつー」

海からすぐの住宅街の、車道の真ん中を先生は堂々と歩く。リュックを背負い直し、私は目を細めて先生を見遣る。歩に迷いがない。

「今日、どうするの？　お宿とか、子供だけで泊まれるものなの？」

「んあー、うん」

「先生この辺り来たことある？」

「んん、まあ、親戚んち？　あるからさ」

先生はジーンズのポケットに手を突っ込み猫背気味になる。

「少年、家、だいじょぶ？　今更だけどさ……お母さんとか」

振り返ったときの神妙な表情は今思い返してもなかなかに滑稽だった。ぎゅっと眉間にシワを寄せているのに目尻は少し垂れていて、口はへの字。ちょっぴり突き出してもいる。これが多分、バツの悪い顔ってやつだと思った。

私は先生の問いにきっちりと頷いた。

「うん。なんか、まあどっかしらで何日か過ごせるかなって行き当たりばったりだけど、家出てきて、えーと、書き置きはしたの。一応。うん。ダメなら公園とかで寝てたと思う」

「ばっか、夏の気温舐めんなよマジでお前死ぬよ」

きっぱり頷いたことが功を奏して先生の顔は一瞬は晴れたが、その後の返答は失敗したようだった。先生は凄んでみせた。うん、とまた頷いておいた。

先生のリネンのシャツは衣擦れの音が大きかった。裾がスキニージーンズと擦れて私の顔の横で揺れている。先生の白い手首に透明な汗が伝った。

広い道から一本入った木陰の涼しい狭い路地に、目的地はあった。木造の日本家屋で、平屋建ての風通しの良さげな家だった。大きな門を構えており、瓦はかたく光を照り返し、朽ちかけた木の匂いが熱気とともにむっと香る。その門を何気なく潜る先生のあとを慌てて追って、先導の真似をして前庭の敷石を飛んで渡る。先生は私がついてきているのを玄関の手前で確認して腹を抱えていた。

私の家も木造建築だけれども、ドアはしっかりした西洋式だ。でも今目の前に聳え立つ豪邸ともいえよう日本家屋は防犯設備もどこにもなく、ただ向こうの透けて見える網戸だけ玄関に張られていた。細い指ががらりと無遠慮にそれを開く。私はいとも簡単に開いてしまった網戸と、無表情な先生とを交互に見た。

「ばあちゃん、ばあちゃんいる?」

大声で暗い家の奥へ呼びかけると声は思いの外響かなかった。背後から青い風が吹き付け、つい檸檬先生の方に身を寄せれば晒した脹脛(ふくらはぎ)に先生のじっとり濡れたスキニーが触れた。捲り上げて海に入っていたようで、ロールアップした跡がうっすら残っていたが、それでも押し寄せる波の勢いに跳ねた飛沫が、捲って重なった裾を丸ごと濡らしたらしかった。スキニーから目線を外し、上を見る。ちょっと高い位置にある先生の顔だが、春よりは少しだけ近づいた。背伸びをしてみたらもっと近づいて、でも目が合うと先生は心底嫌そうな顔をするから気づかれないようにしなければならない。

家の中は暗かった。外周から考えても随分広い間取りだが、誰もいないのだろうか。先生もうんうんと首を傾げ、顎に落ち着きなく手をやっている。

「誰が住んでるの」

「大叔母さんだよ。よく来るんだけど。網戸しか閉めてなかったし家にいると思ったんだけどなあ」

流石の先生でも家主がいない中、家には上がれないようだった。口は悪いけれど変なところで礼儀正しいのは確かだった。

「暫くどっかカフェかなんかで時間潰すか……?」

先生がぼやいたとき、からりと背後で石が鳴った。下駄の音だった。びっくりして振り返り、そこにいた老年の女性と目が合う。全体が白くなった髪をゆるりと団子に結(ゆわ)え、藤色の浴衣を着た老婆は、玄関の中にいる私たちを見てもさして驚きもせず、存在感薄くそこに立っている。分厚い瞼に潰れ、瞳がどこを見つめているのかは皆目見当もつかなかった。手にしたレジ袋の風にしなる僅かな音だけが彼女をそこに存在させていた。

「あらあら、また家出したの?」

掠れた高い声で、しかし老いた落ち着きを存分に含んでいた。先生の後ろに思わず隠れた。足の横から頭の半分だけを出してその老婆を見つめる。先生はわずかに身動いだ。

「ばあちゃん。とめてもらっていいかな」

「まあまあ。今日は可愛い坊やも一緒なのね」

からんころんと軽い音が鳴り、老婆は私のもとまで徐に歩み寄ってくる。丸い背をさらに丸めて縮こまり顔を合わせてきた彼女のそれはしわが深く刻まれ、柔らかな緑の影を落としていた。目が合ったような気がしたからうっすらと頭を下げる。老婆はにこやかに笑った。

「あなたとは大違いね、もう」

「うっさいなあ」

先生はがしがしと後頭部をかいた。きまり悪そうだった。老婆は私の頬にしわくちゃの手を添えて、じっくりと覗き込んできた。

「可愛い子。どこで誘拐してきたのかしら」

「誘拐じゃねーし！　なんなのほんと！　つかとめてくれんのくれないの」

「まあ、なんなのなんて言えた身じゃないでしょう」

薄い頬を膨らませた老婆は、それなりに先生と似ていた。こうは言っているものの、老婆は別段怒っているわけではなさそうだった。

「やあね、この子ね、いつもそうなのよぉ。あんな贅沢な暮らししておいてすぐに家ヤダァとかなんとかってぐずってこっちまで来るの。交通費だって馬鹿にならないのにねェ。坊やもかわいそうに。こんな面倒な子に付き合わされて」

優しく頭を撫でられたから無意識にそれに擦り寄ってしまったが、急ぎ首を振った。

「いえ、あの、僕が、遠いところに行きたいって、先生にわがまま言ったんです。僕の方が子供だし、めんどうです」

「まあ、なんて子」

強く抱きしめられて混乱していると先生に襟首を摑まれて無理やり引っ張り出された。そのまま玄関の奥、先生の後ろに押し込まれる。何事かと先生を見遣れば見たことないほど不細工に顔が歪んでいた。

「『先生』って、いい名前ね。私もそう呼ぼうかしら」

「やめてよ」

唇を突き出した先生はやっぱりちょっと面倒な子供みたいだった。おばあさんはさっさと下駄を脱いでたたきから中に入っていく。先生も靴を脱いだから私もそれに倣い靴を揃えた。

「先生、僕スリッパ持ってない」

「馬鹿そんなんいらないよそのまま上がりな」

こめかみを中指の関節で小突かれて痛い。小声でやりとりしているのをおばあさんは向こうの柱から顔だけ覗かせて見ていた。見た目に合わずお茶目な人なのかもしれない。網戸から涼しい風が一陣吹き抜ける。腰の丸いおばあさんのところまで駆け寄って先生は雑にスーパーの袋をもぎ取った。向かう先は台所だろう。手持ち無沙汰になったらしくおばあさんはてこてこ私の方に寄ってきた。

「家を案内しましょうね」

「あ、えっと、いいんですか。急に」

「いいのよぉ、婆もね、一人だと寂しいもんなの。あの子ね、よく家出して一人でここまで来るのよ、昔っからそう。あんまりいい態度とは言えないけれどね、賑やかでいいわね」

板敷の床は体重の比較的軽い子供の私でも歩くだけできしきし鳴った。部屋はどこも畳が敷いてある。閑散としているのが多い。エアコンは殆ど設置されていないようだ。それでも微かに家の中には風が感じられる。

「ここね、使いなさいな。先生と部屋、分ける？」

「えっと、大丈夫です。広いし」

「そうね、そうね。一つの部屋でも大丈夫そうね、仲いいものね」

「仲がいいわけじゃ、ないです」

「いいのよ素直に肯定しておきなさいな。お洋服の替えは持ってるの？　リュック小さいわね、荷物ないなら色々貸しますよ」

おばあさんは私が何か言う前に先手を打ってさっさと部屋から出て行ってしまった。おそらく宿泊に必要なものをどこかに取りに行ったのだろう。物覚えのよくない私はこの広い家の間取りなぞ全く覚えられることもなく、おどおどと部屋の中に入った。

鞄を肩から下ろし畳に直に座り込む。伸ばした足の脹脛のあたりに小さなとげとささくれを感じた。さらりとした藺草(いぐさ)の香りと、開いた窓の向こうの透ける泉のような風鈴。裏庭に面しているこの部屋はガラス障子を挟んで向こう側は縁側だった。そっと庭を覗き込むと石畳と芝があって、特別手入れされているわけではなかったがそこそこに趣深い夏の庭だった。緑色が眩しい。外に頭を晒すと海鳴りがほのかに聞こえた。

「海が近いな」

「せんせ」

背後から先生が入ってくる。蚊が入るよ、と先生はすぐに窓と障子を閉めてしまったが、どこからか来る隙間風で存外涼しい。先生は勝手知ったるといったようにだらりと畳の上に寝転がる。上から二つ開いたリネンのシャツが捩れて脇にしわを作り、胸元が大きく開いている。白いなだらかな肌が障子を通して入る灰色の外光を僅かに照り返した。上にも引っ張られたシャツの裾から素肌の腹がむき出しになっていた。へその窪みが見えてぐっと眉を寄せる。

「先生、雨降ると雷なっておへそ取られるよ」

先生はばっと起き上がって目を丸くしてこちらを見た。

「少年でもそゆこと言うのね」

「いっちゃダメなの」

「いや……つか意外?」

とても貶された気分だ。ますます眉間にしわが寄ったが、そのとき背にしていた部屋の入り口のあたりの床板がぎしりとなった。腕に大量の紙袋の紐を通し、こんもりと服の山を抱えたおばあさんがそこに立っていた。明らかに重そうな荷物だがそれを軽々持ち上げているのに驚く。腰は確かに曲がっているが、そう近くもないスーパーから大荷物を一人で持ち帰ってくるのだからきっとまだまだ健康体なのだ。

「そうよう、お腹出してると先生ちゃんはすぐにお腹壊しちゃうんだからやめときなさいな」

「ちょっと！　少年の前であることないこと言うのやめてくれます？　ふいちょうはよくないですぜ」

「あら今のはあることとですよ」

憤慨する檸檬先生に、おばあさんは案外辛辣だった。かっこつけるもんじゃないと鼻で笑う。爽快な人だと思った。色合いも、赤味を帯びてはいるが明度彩度は先生の檸檬色にかなり近い。


雨の音がしだすと、次第に強く窓を打つ。湿気が強くなって暑さは増した。部屋の中で二人してだべりながら寛いでいるだけでも、先生も私も額から流れる汗を止めることができなかった。頰が熱を持っているのがわかる。汗はだらだら流れて首を伝い鎖骨に溜まってからシャツをじっとり濡らしていく。先生ははっはと僅かに口呼吸をしていて、赤い唇は普段よりも更に上気してそこからぬらりとした舌がほんのり覗いていた。また汗が流れる。唇の端を流れそうになる小さな雫を私はペロリと舐め取った。それを見た先生は目を細めうっすら笑う。彼女の笑みは度々意図がわからないけど、脳髄を溶かされるような熱波だけは感じ取れた。ごしと拳で額を拭い、視線を先生の手首に向ける。腕まで伸びる二本の細い骨がしなやかで健全だった。先生は私の真似をしたいらしい、何もない頰に向かってぺろと舌を出して、腹這いの状態から上目遣いに私を見つめた。無表情だった。

「夕飯前に風呂入っちゃおうか」

そこで素直に頷いてしまったのは、頭が熱に浮かされていたからであると思う。おばあさんの持ってきてくれた服の山から、体操着のような素材のTシャツと短パンを引っ張り出す。生地は薄く柔らかい。パジャマはないようだったから寝間着はこれにしようと思った。風呂は部屋を出て右手にあった。先生を追いかけて脱衣所に入る。私の家の風呂は間取りの関係で洗面台とトイレと脱衣所と風呂場が廊下のように連なっているが、この家はきっちり仕切られており大人数では入れないにしてもかなり広い。棚に籠が三つ置かれていて先生は一番上の段に持ってきた荷物をどさりと置いた。

戸の向こうの風呂場からはふわりと甘い匂いが香っている。服を脱ぎながら鼻をひくつかせていると先生は笑った。

「ばあちゃん、入浴剤好きなんだよ。よく入れてるんだ。その匂いだよ多分」

「そうなんだ」

そこで私は漸く顔を上げて先生を見た。

先生の足は何にも包まれておらず、白く若々しく伸びている。張りのある瑞々しさと、薄赤い色が合っていなかった。リネンのシャツのボタンが一つ一つ丁寧に外されていくのを私は見た。襟ぐりの大きく開いたタンクトップ一枚だけになって、先生はそれすらもなんの躊躇(ためら)いもなく脱ぎ去ってしまった。柔らかなベビーパウダーをつけたような、淡雪の肌とふわりとした輪郭をなぞった先はまろくふくらみ仄かに赤い。腹はしなやかな筋肉がいく筋か浮かんでいるが、へそのあたりはマシュマロのようだった。そこから下に長い脚が生えている。脱衣所の青白くチープに点滅する古びた電球の下で、先生の体はどこまでも清くなよやかだった。

手を止めてしまっていたことにも気づかず私は何かに犯されているかのようにただ先生の裸体と向き合っていた。先生は唇の端をきゅっと吊り上げて笑った。笑うと先生の唇は引っ張られて黄色に近くなる。

「ねえ、」

先生は徐に私に指を伸ばす。そもそもの立ち位置が五十センチも離れていなかった。先生の両手はすぐに私の顎を掬い取り逸らそうとした目線を顔ごと無理やり合わせせられた。ダイレクトにきめの細やかさを見た。何か言おうと思って口を開いても、喉がカラカラに渇いて掠れ声すら出なかった。

「ねえ、どう？　私、どう？」

先生の声は玉を転がすようであった。鈴を響かせたような、だが少しだけ粘りのある声だった。固定された頭は動かすことが叶わなかった。

「どう見える？　どんなふう？」

先生は私を見つめていながらどこか遠くを透かして見ているようだった。視線は絡まったり離れたりを繰り返し、何を考えているかだけは全くわからない。私は閉口した。先生の目は吸い込まれそうなほどの黒さだった。白目との境界線から開いた瞳孔までの僅かな黒の中に薄い色彩が様々に躍っていて、その中に私の顔が白く映っている。

「先生は、きれいだよ」

「きれい？　きれいって？　きれいってどんなふう？」

「ヴィーナスみたい。あの、絵があるじゃない。あれ」

そう言うと先生は脱力した。だらんと腕を下げて、私は解放される。じっと先生の顔を見つめた。惚けた表情で、泣き笑いみたいに眉を顰めたまま彼女は苦笑した。

「それって、結局、女の魅力があるってことだよね」

「それじゃあダメなの」

先生の手が私の髪をさらりと一度だけ撫でた。


身体を洗って緑色の湯に浸かる。入浴剤は思いの外強く甘ったるく香り、拳一つ分離れて湯船に浸かる私と先生の間を満たした。先生は長い黒髪を頭頂部で団子に丸めてうなじを晒している。白い肌はどこもかしこも真っ赤に染まり、時たま額から滴がしたたった。

「私さ、友達一応いたんだよ」

先生は居心地悪そうに腕を擦っている。

「そうなの?」

「そう。小学部からずっと一緒だった女の子。ずうっと一緒のクラスでさ、いつも一緒にいたんだ。人のこと覚えるの苦手だっつったけどさ、昔はそうでもなくて、私もわりと普通の小学生だった」

「その子、もういないの?」

「いるよ、違う。小学部で外部受験とかで結構人が入れ替わって、でもその子はまた中一でも一緒だった。ずっと一緒でさ、その子が運命じゃんとか笑って言うの。それなりに信頼しあってたつもりだったんだけど」

　ぴしょんとシャワーのノズルから耐えきれなかった滴が溢れ落ちる。先生の睫毛はびしょびしょに濡れていた。ニスを塗りつけたような喉元の光沢に、背筋は震える。先生は乾いてもいないくせに唇を舐めた。

「本当は私は男になりたかった。私、もしかすると恋愛対象も女かもしれないって、そう言ったらさ、もう次の日にはこんなよ」

　自嘲めいた声音も、戯けて少し揺れていた。身体を揺らしたことにより浮かんだ水面の波紋は私の体にあたって消える。濡れて塊になった髪のひとふさが団子にまとまりきらず先生の肩にこぼれた。ついとそれを拾い上げて先生はまた硬い笑みを浮かべる。

「本当は知ってた。でもさ、ぬるま湯に浸かるのは楽しいよね。今は冷水だけど」

　よくわからなかった。でも無粋に首を傾げるのだけはやめておいた。私はただ黙って身動ぎもせず先生の真っ黒な瞳を見つめた。

「意味のある奴には色がある。私は透明なんだよ」

「そんなことない」

「そんなもんなの」

「でも先生は、きれいな檸檬色をしてるじゃんか」

「あのね。全部が共感覚で片付くと思うなよ」

　ばしゃりと暴力的な音で湯が跳ねた。けぶる鼠色の湯気の向こうで、眦の吊り上がった先生の顔が歪んで揺れていた。強い力で肩を摑まれて勢いづいて後ろに一度倒れかかる。先生はそのまま私の肩を引っ張って、額と額とを突き合わせた。ごつっと鳴って額に強い熱を感じる。

「お前はね、私といっしょなの。今ね、私たちは同じ生物種なの。わかる？　お前もいっしょ。誰もニンゲンは私たちのことを気にしない。だってそうだろ？　お前もわかるだろ？　私たちは世界に二人ぼっちの孤独な奴らなんだよ。だからこんなところに二人でいんの。全部共感覚に縋るなよ。全部を共感覚のせいにすんな」

「でも、先生は僕には意味のある人だよ」

苛烈な勢いがおさまった。先生は濡れた瞳でこちらを見る。虚をつかれたように黙り込んで、私を見る。肩が痛い。

「一個でも意味があったら、意味のある人間じゃないの」

先生はそっと脱力したように手を下ろし私から拳一個分離れた。すぼんだ長い前髪を上にかきあげて、瞬きを一つし、膝を寄せて抱える。先生の一挙一動に何度も湯船は波立ち香りたった。鼻腔を甘ったるさが占拠する。濡れた香りがきつい。首から下がやけに熱い。

先生は抱えた膝に顔を埋めてしまった。そんなことをしたら湯船に顔が浸ってしまうのではないかと思った。そうしたら先生の白い冷たい顔が火傷(やけど)してしまうような気がした。先生の顔に何か傷がつくのなら、それは嫌だったから、今度は私が先生の肩に手を置いた。ガラスのような手触りだった。素肌の彼女は生まれたままの私の横でぐずっているかのようにまるまり込んでいた。

「少年は純粋でいいね。ニンゲンって、ニンゲンってだけならいいのにね」

「先生も僕もただのニンゲンじゃん」

「違うじゃん。動物とニンゲンて、学者的には明確に違うわけじゃん。素朴じゃないよね。純粋じゃないんだよ。ニンゲンってさ」

「何にも染まらないのは難しいってママが昔言ってたよ」

「そうだね、でも染まるからニンゲンなんだよ」

先生の肩はそこだけ湯に浸かってないから冷えていた。玲瓏（れいろう）な白さだったから、その上に載った私の手の赤さはよく目立った。顔を上げた先生は別段泣いているわけでもなかった。蒸気に晒された顔はしかしやはりのぼせたようになっていた。

「ニンゲンなんて嫌いだよ。ニンゲンなんて染まったら汚くなるんだよ。黒くなる。でもさ、ニンゲンじゃないと生きていけないから、みんなニンゲンなんだよね」

先生が何を言いたいのかわかればよかったのにとこの時思った。もしこの時先生と同じ齢でいたならば、何を言わんとしているのかわかったかもしれないのに、彼女の言い分が理解できないことが酷く悔しかった。檸檬先生と同じつもりでいても、同じでないからわからないのが悔しくて、私は自分よりも一回りも二回りも大きい彼女の身体を、自分の身体目一杯で抱きしめるより他はなかった。

3

「見て、大きなスイカ」

朝起きられるか不安だった私だったが、それは杞憂（きゆう）に終わった。障子の向こうから差し込んでくる柔らかな朝日で自然に目が覚めた私は机を引っ張り出してドリルに手をつけることすらできた。先生は寝ていたが、まだ早朝と言える時間帯にスイカを抱えて部屋に飛び込んできたおばあさんによって起こされていた。

寝起きの先生でも髪だけは綺麗だった。ほつれがなくさらりと重力に従って流れている。ぼんやりとだらしなく開いた口元にはよだれの跡なんかがついていたけれども。

おばあさんは濃く鮮やかな緑のスイカを私に突きつけて一体幾つなのかと思うほど軽やかな足取りで先生の枕元に駆け寄る。幼い少女のように思えた。腰は曲がっているがおばあさんはとにかく元気で、やっぱり檸檬先生と似ている。

「ねーえ、スイカよ」

先生は肩を揺さぶられてもなかなか反応を示さなかった。しぱしぱと何回も瞬きをしているが、思考回路は停止しているらしい。あわせの乱れた浴衣をおばあさんは甲斐甲斐しく直してさっさと掛け布団を剝ぎ取ったりして、先生は随分幼く見えた。

腕に抱えたスイカはずっしりとしていて真緑に艶の良い黒の縞（しま）が入っている。拳でそっと叩いてみると、なんだか小気味よい音がした。

「きれいなスイカですね」

「そうでしょうそうでしょう」

おばあさんはせっせと働きながら楽しげな声音だった。私の分の布団は畳んで既に押し入れに入れてあった。先生は敷布団すら奪われていたがまだ起きていない。布団が全て片付けられて畳が全面に姿を現すと、その薄茶色の上にスイカの鮮やかさはより一層映えた。

「お向かいさんのねえ、高田さんからもらったの。毎年くれるけれど、今年のは随分大きくて甘そう」

「大きい」

「ええそうよぉ。重いでしょう？」

腕の中のスイカは惚れ惚れするほど整った球体で、しかも光沢がありいかにも美味しそうな見た目をしている。家でスイカを食べることは今となっては全くないし、そもそも以前だって既にカットされているものを食べていたから、大きいか小さいかというのはよくわからない。腕の中の重みは確かに圧迫するように感じていた。

「さっきもらったからねえ、ぬるいでしょう。そこのお庭で冷やしておくからちょっとしたらお食べ。切ってあげるから」

「庭で冷やす」

「桶で冷やすの」

ついおうむ返しをした私の背後から漸く先生が発言をする。声は乾いていてまだどこかぼんやりとしていたが一応目覚めてはいるらしい。手の甲で目元を擦り、腕を上げて伸びをし、あぐらをかいて座り直す。

「冷蔵庫がちっちゃくて入んねーからね、桶なら全体を冷やせる」

「でも桶浅いから頭飛び出ちゃうよ」

「ばあちゃんの知恵ってね」

おばあさんは大きな桶に水を入れて氷を入れた。スイカを持って近寄ってみると冷気がきて周りの空気はかなり冷やされていた。そこにスイカを浮かべる。指先が冷水に浸かり、手首に水しぶきが跳ねる。冷たくて気持ちいい。朝のひんやりとした庭先も心地が良かった。

「これでね、こうやってね」

おばあさんは濡らしたタオルをそっとスイカにかぶせた。

「時間もあるしどこかでかけてもいいんじゃないの。ずっとお部屋に籠ってちゃ体にも悪いわよ」

おばあさんはそう言って朝食の支度もできてるからねと部屋を出て行った。縁側の下に残されたスイカはタオルの隙間から瑞々しい朝露をこぼし日差しにうたっている。朝日を浴びた庭は緑が照り映え眩い。空の彩度はまだ低く、涼しげな水色で、でもしっかりと晴れていた。地面は濡れててらてらとしているから夜更まで雨は降り続いたのだろう。夜はあの後次第に雨の音が強くなって結局海鳴りを聞きながら寝るなんてことは叶わなかったから、今日はできるかもしれないと思うと嬉しかった。

先生は障子も襖もなにもかも開け放したまんま、私の目の前で堂々と着替えている。もう少し何か、躊躇いとかあっても良いのではないかとは思ったりもした。所詮小学校三年生の私が考えられるのはそれくらいであった。昨日のラフでスポーティな服装とは打って変わって、先生が着たのは透け感のあるレースの施された白いワンピースだった。裾が撓(たわ)んで重なり、白が濃くなっている。ノースリーブから伸びる腕には余計な脂肪が付いておらず、かといって筋肉質でもなく、ただ白かった。唇の赤さと髪の黒さだけが目立っていた。

先生も泊まる準備をしていなかったから服がないのだと言った。そうなるとこれはおばあさんの趣味なのだろうか。

「買ってくんだよ大量にさ。ばあちゃんは娘が欲しかったんだよ。私もわりとふらっとこっちに寄ったりするし、そんときに買い溜めた服押し付けてくんの」

これは隣町のモールに入ってるどっかのブランドのやつ、と顔をしかめた。フェミニンがコンセプトらしく、スマホで検索して見せてくれた店のウェブサイトを覗き込めば、フリルやらレースやらリボンやらがたくさんついた、人形用のような服がたくさん並んでいた。もう一度そこで先生の着ているワンピースを見てみれば、わりとシンプルなものを選んだのだろうというのがよくわかった。流石の先生でも二日連続着回すのは我慢ならないらしく、リネンのシャツは今頃洗濯機の中だ。ウェブサイトのモデルが着ている可愛らしい服を思い浮かべればいくらでも想像できて、先生に似合うのだろうというのがよくわかる。ただきつめの顔立ちをしているのは確かだから、私としてはやはり昨日のような辛めの服装の方がしっくりきて、今日の先生はなんだか落ち着かなくも感じた。

海には監視の人がいる。まだ六時台で人が全くいないであろうことは予測できたが、それではあの深みのある美しい青の海が見れないからと、先生は少し時間を空けてから海に行こうと言った。

「人が多いかもね」

「それはやだな。今じゃダメなの」

「真っ昼間のあつーいときにあの冷たい海に浸かるのがいいんだろ」

「そういうもん?」

「そういうもん」

暫くは漢字ドリルに手をつけた。漢字も見ているとぼんやりとだが色が浮かんだ。でも以前まで感じていたよりもどことなく薄くて、目を凝らして漸く色がわかる程度だった。そもそも文字に色が見えていたっけ？　頬をぼり、とかく。この世の中はどこもかしこも色で溢れている。色って、なんだっけ。

「少年、そろそろ行こうか」

思考回路が全く別の方向に進んでいたとしても、漢字ドリルは形式的なもので、なかなか進んでいた。思っていたよりも時間の経過もあったがまだ昼前といったところか。障子の向こうは顕証に眩しく、白い半透明の向こうから草木の緑が透けて見えるようであった。夏の日差しは眩しい。今日は特に気温が上がるらしい。

「海」

立ち上がった先生のワンピースの裾がふわりと膨らんで、束の間柔らかな甘い匂いが充満する。裸足の指が畳の上を跳ねるように歩き、藺草の乾いた微かな音と和やかな香りが甘やかに部屋を包んだ。先生は向こうにあったツバの広い白の帽子をかぶった。顔に薄青い影がさす。それから麦わら帽子を投げてよこした。ぱさりと腕に落ちてきた麦わら帽子は小さめのサイズで、黄ばみのある古いもののようだった。所々にほつれも見られる。

「それ被っときな、紫外線はよくねェから」

「先生そういうの気にするんだ」

「ばか被ってねェと外に出られねーかんな。ばあちゃんに怒られるぞ」

怪談を話すみたいな口調で語られるおばあさんもどういったものかとは思うが、良い手触りの麦わら帽子を拒む理由なんてないから私は素直に先生に従っておいた。

薄緑のポロシャツは影が落ちると森林の地面みたいでなかなかに良い。

先生は玄関でサンダルを履いた。玄関には昨日まで先生のスニーカーと私のスニーカーとおばあさんの下駄が揃えて置いてあったのだが、今はなぜか先生のスニーカーはなく、靴底の厚いサンダルだけあった。先生の顔は引きつっていた。見送りに来たおばあさんはにやにやしていた。

「いってきまーす」

「はいよ気をつけてね」

おばあさんに手を振って、網戸を開ける。からりと軽い音。網戸の黒いシースルーがしゃっと重なり濃くなる。一歩外に出た先は乾燥した暑い夏だった。

空が朝と比べて明らかに青々と有る。太陽の位置は高くなり、真上には雲ひとつない。見渡した向こうに入道雲が小さく連なっていた。アスファルトに舗装された道は熱されて熱そうだった。多湿でないだけ過ごしやすそうである。

道の前を行くのは三人家族のようだった。キャラクターものの浮き輪を抱えた幼稚園児くらいの少女が母親を見上げて懸命に何かを語っている。父と母はそれを見下ろして笑んでいた。

暑い。太陽は眩しい。先生は迷わず海に向かう。

「この辺りは県を跨いで海に来る人も多いし、家から遊びに行く人も多いし、時期的にかなり人が多いぞ」

「それ、ほんと、大丈夫かな。僕すぐ気持ち悪くなっちゃうかも」

「問題はさぁ、そこじゃないんだよね」

先生はちらりと私を見る。私は不思議に思ってその目を見返した。檸檬先生の透かしたような瞳は帽子の下に隠れて今はかなり黒い。人差し指で下ろした髪のひとふさをくるりと弄りながら先生はのんびり歩く。

「人が多いとさ、酔うのはさ、共感覚を扱いかねている……というか、んん、慣れていない？　というか。制御の問題だと思うんだよね」

「制御の？」

「そうそう」

檸檬先生の足取りは軽かった。歩くたびにサンダルはかたんかたんと音を立てて地面を打つ。先生のかかとが浮き、サンダルは一旦宙に浮いたようになって、また地面を叩いて先生の足の裏に戻る。

「私はさ、音が色になるのはどうしても気持ち悪いんだけど、見る方はどうにかなってんだよね」

「色が音の方？　でも先生はそれも共感覚持ってるんでしょ？　どうにかって、どういうこと？」

「つまりさ、お前よりももっとちっちゃいときは確かに色が音に変わってやばかったんだけどさ、それを自分でセーブできるようになったの。見たいなーて思わない限りは無意識のうちに遠ざかる事象として放置したってこと」

「よくわかんない」

「気にしなくていいくらい薄くできるようになったんだって」

「それってできるの」

「できる。大抵みんなそう。子供の時に共感覚を持っていても大人んなったらなくなる人だっているらしい。つまりはさ、気にしなければ即ち透けるってことだ。興味のないことには目が行かないだろう？　それと一緒」

「なるほど」

　先生は垣根の前で立ち止まった。ざわざわと喧騒が聴こえる。ひとつ越えた向こうは砂浜で、その先は海だ。その手前にたくさんの人がいて、たくさんの音とたくさんの色がある。手前のこの道路には人っ子一人いなくて、無人の車が数台止まっているだけだ。

「お前はね、確かに特殊なケースだけどさ、共感覚をたくさん持っててそんでそれがとにかく強く脳に影響している。でもね、それ以外は普通じゃん？　普通に小学生で、発展途上にあるわけじゃん？　つまりこれからお前はまだまだ変われるってこと」

　手を取られた。一段高い砂浜に上がるための階段を先生と駆け上がる。開けた視界に小麦色の砂浜と、大量のテントと人が飛び込んできた。ばん！　と大砲に打たれたような衝撃となって、たくさんの情報がのしかかってくる。先生の手を振り解きたくなったけど先生の力は強かった。前を見据えたままそこに立ち止まっている。

「少年、この間は途中までだったけど運動会に参加したじゃん。どうだった？　ずっと気持ち悪かった？　一分一秒全く切れ間なく気持ち悪かった？」

　思い返してみた。あまり思い出したくないことではあったけれど、ふっと考えてみるといろんな色が脳裏に蘇る。その中に幾つかの淡い色があった。混じり合っていない明度の高い色がすっと去来する。

「ううん。ママのことを考えてる時と、走っている時はすごく気分が良かった」

「それが無意識の状態で、気が紛れるということ。それを長い間普通に続けられるようにならなきゃならないんだよお前は」

「絶対なの？」

「絶対。取り敢えずさ」

　先生は帽子のツバを上に撥ね上げて目線だけで私を見下ろした。下から見ると睫毛が長くて庇のようになっており、その微妙な隙間から反射光が覗き見える。緩く繋いだ手を先生の指が柔らかくするりと撫で上げて、ちょっと顔を近づけて、赤い唇をゆっくり動かした。

「お前は、私のことだけ考えてな。ずっと、四六時中、何をするにも私のことを考えて。それ以外は見ちゃいや」

　太陽光は薄黄色く先生の髪を透かし込み、光の筋がいくつも走る。唾液で濡れた唇はふやけた音を声に乗せ、丸く曲線を描く頬の輪郭線をなぞって空気に広がる。緩慢な瞬きを一つして私は頷いた。

　波打ち際まで先生はサンダルを脱ぎ捨てて走った。波がこない手前で私は両の掌をもどかしく擦り合わせながらサンダルの横に尻をつける。砂は太陽にすっかり焦されじりじりとその熱を高めている。下半身にぼんやりとそのぬるさが移った。波のうつ白く泡立ったその上で先生はワンピースを風に遊ばせ舞うように白い脚を蹴り上げている。その度にぴしゃと飛沫が上がって波が引いて、轟音と共にまた青が押し寄せる。波を軽やかに飛んで避け、直接青の中に飛び込んで、先生は縄跳びをしているかのように楽しそうだった。背中しか見えないが長く流れる黒髪が体の動きに合わせて散って、たまにちらちらと見える頬の赤さがどうしようもなく愛らしく思えた。

　砂浜に捨て置かれたばあちゃんのサンダルは曇りと雨をさして転がっている。それをそっと晴れに変えておいた。私はただ先生を見つめた。先生が目の前にいると、さっきみたいなことを命令されていなかったとしてもどうしても彼女を見つめてしまう。十五の少女からは逸脱した艶(あで)やかさを持っているのに、どこかどうにもいたいけでいとけないその差異にどうしようもなく惹かれてしまうのだ。まだ日を浴びていない赤子のような甘い皮膚ひとつから光の反射の多い薄い色の瞳まで、彼女は生まれたままのような人だった。

　海鳴りは波を引き連れて海の向こうから先生に押し寄せ、そしてさらおうと引いていく。先生の髪が宙に舞った。

　白い布を纏った彼女は海辺でただ一つだった。誰からも何からも乖離した、私だけの美しい人だった。

「秋は、文化祭があるよ」

　サンダルのところまで戻ってきた先生はいの一番にそう口にした。クラス発表のようなものがあり、展示でも模擬店でも演劇でも、なんでもいいからひとつ何かをやる、という自由な雰囲気の生徒主体の行事であった。小学部は食販は禁止されているから多くはレクリエーションに走るのだが、中学部になるとそれが可能になる。運動会が終わったらもうそこからは文化祭ムード一色だ。小学部は夏休みに準備をしないため、夏休みにまで文化祭に力を注ぐ中学部に憧れを抱くものは多い。数少ない上級生との関わりを持てる行事だしとにかく楽しく、というのがコンセプトのものだった。私のクラスももちろん既に出し物を決めている。確か劇をやるとかなんとか言っていた。正直小学部三年のクラス劇は親しか集まらないから完全なる自己満足となってしまうことが多いのだが、私としてはそれで良かった。なんの劇をやるかは忘れたが、裏方の仕事ですら一切割り振られなかったため、きちんと学活に参加していなくても迷惑がかからないのだ。毎年結局文化祭には参加しないので当日がどのような雰囲気なのか知らないし、勿論何が楽しいのかもわからない。

「先生のクラスは出し物なにやんの?」

「んー、なんか……飲み物? 売る? っぽい? 学活ンとき寝てたから覚えてない」

先生は案の定な答えを返してきた。もはや愛想笑いするのもばかばかしかったのでスルーをすることにして砂を弄る。

「文化祭さあ、私、クラスのやつには全く手を出さないつもりなんだけど、あれあるじゃん、ほら、えーと、自由展覧会みたいなやつ。あのー、美術作品とかを生徒やPTAから任意に募って発表会も含めつつ展示するやつ。あれさ、二人で参加しない?」

ぎゅっぎゅと砂を固めて城を作っていた私はぱっと顔を上げた。先生は思いの外真剣な顔をしていて、私も自然と顔が引き締まる。

「二人で、一つの作品を作るってこと？」

「そう。クラスの展示、どうせハブられてんでしょ」

「うん」

「ならさ、私たちは私たちにしかできないモン作ってさ、それで参加しよう」

「うん」

なんのためらいもなく頷くことができた。砂の城はしっとりとしめやかに、風が吹くと頂上がほろりと崩れて私と先生の手に砂を落とした。


おばあさんちに帰るとスイカはすっかり冷たくなっていた。

「どうでした？　夏の海は？」

「青かった！　すんごい青いの。真っ青。きらっきらしてる」

私は両腕いっぱい広げて表現してみたがイマイチなことしか言えずに先生は隣で失笑していた。おばあさんはあらあらと微笑んでくれた。

おばあさんが厨（くりや）で木のまな板でスイカに包丁を入れるのを間近で見ていた。おばあさんは切りながら目はスイカから離さないが絶えず笑いを漏らし私に話しかけてくれた。どんな話をしたかは全く覚えていない。それよりも、夏の暑さに頭が熱されて感じたことのない膨大な何かが胸の中で躍っていて今にもはちきれそうな気分だったから、私はこのなんとも言えないもどかしさ……ちょうど背中の痒（かゆ）いところに手が届かないような……を持て余していたのだった。

　おばあさんはスイカをかなり大きな一切れに切ってくれた。両手でないと持てない大きさのそれらを盆に載せて運ぶ。私が運びたいと言ったら初めは戸惑っているようであったが不安そうな顔をしながらじゃあ頼もうかしらと言った。スイカはずっしりとしていてまさに実が詰まっているようだ。

「おばあちゃんは食べないの？」

「婆はね、お腹を壊してしまうんです。スイカは冷たくって水分が多いからねえ。美味しいのだけれど、年取っちゃったからねえ」

「おばあちゃんはまだまだ若いよ」

　そう言うと頭に何かがのしかかってきた。バランスを崩してまずいと思ったけどいつのまにか盆は手からなくなっていた。目の前にいた先生が私から盆を奪った挙句頭に体重をかけて顎を載せていた。

「あのね。ババアにそんな気ィ使わんでいいんです。ババアはババアなんです」

「先生」

「まあ！　酷いわね！」

　心外とでも言いたげにおばあさんは目を見開いた。見えた虹彩は黒黒としていて、でも透明度の高い先生のそれにやっぱりそっくりだった。

「ほらばあちゃんは行った行った。ここは若者の楽園なんだから」

「もう、貢ぎがいのない子ね。じゃあ、お二人でごゆっくり。食べ過ぎには注意よ」

おばあさんはひらりと手を振るとあっさり出ていった。先生は障子を開けて、日差しの強い縁側に腰掛けていつもみたく足をぶらぶら振っている。スイカは赤い身を瑞々しく輝かせて、奥の庭の緑に対し堂々たる態度で盆に座っている。光沢の良い種がずらりと並んだスイカだ。先生は私を手招いて、私はスイカの盆とは反対側の隣に座る。縁側は日は暑いものの風通しが良く庭から訪れる直接的な涼しさが肌に丁度良い温度だった。先生に手渡された一切れを手に、二人同時に嚙みつく。一瞬の抵抗、それから広がる爽やかな甘みと水分。前歯から滴って下顎に落ち、唇の裏側に溜まる。鼻をあっさりとした香りが抜け、しゃくりと実を嚙み締める。繊維の絡み合った果実はほんの少しだけ、出っ張った奥歯に絡み喉を通っていく。耐えきれなかった汁が唇の端から溢れて顎を伝った。もう一口、しゃくり。甘い。濃縮したかのような甘さ。紅い実はだらだらと汁を溢し、私は嚙み跡の中に水溜まりのように溜まったそれをじゅっと吸い取る。それからもう一口。すっとする冷たい甘さ。

スイカは本当に美味しかった。顔を上げることもせずにただひたすらに齧り付いた。手も口元も果汁に濡れベタついた。赤いっぱいの視界にすっと白い指が入ってくる。先生の手だとわかったときにはその白さが視界全体を覆って影になって暗くなる。手を止めて先生の方に顔を向けた。

「檸檬先生?」

呼びかけてみたが見えるのはほぼ逆光で黒い先生の手の平だけである。先生はなにも答えない。目を囲った中がむっと籠った。手に載ったもう食べるところのないスイカがどうにも心許ない。

「せんせ……」

「ね、口、よごれてるから」

先生の声が耳元で聴こえた。思いの外近いところから聴こえたことへの驚愕で背筋がぶるりと震える。肌が粟立つような感覚に襲われて、私は身を捩った。

「拭いたげるね」

体が揺らぐのを感じた。縁側の板敷に背中がついていた。汗がじっとり木にしみていくのがわかる。先生の空いた方の手が私の肩を押さえつけていた。掌の黒がだんだんと濃くなる。

唇に柔らかい感触があった。

少し湿っていて、弾力があって、それに吸い上げられて唇がつきりと痛む。ひりひりと太陽光に焼かれるみたいな柔らかい痛みのあとに、それはすっと離れていった。

「はい取れたよ」

先生の掌が去っていって、突然現れる強い光に目が眩んだ。目を細めた先に先生が指を嬲(なぶ)るように舐めている姿があった。

「あっま」

先生は眉を寄せて苦笑いしていた。唇に触れたあれはなんだろう。人差し指で触れてみれば、それは確かに指の腹の感触に似ていた。だから指を舐めていたのか。意地汚い先生だ。

「スイカ、甘いねぇ」

鼻にかかった声で先生が言うのが、戯けているような響きでどうしようもなく面白かった。私も真似をして甘いねえと言おうとしたけど、使ったこともない鼻にかけた声なんて出るわけもないから、んが、とだけ声が漏れて終わった。笑われた。

4

結局あれから何日もおばあさんの家に泊めてもらった。こまめにやっていた宿題は終わらない心配はなかったし、途中で電話を借りて母に電話した。母は随分か細い声で私に受け応えした。

「ママ？　僕だけど」

そうやって始めたら一歩離れた横で聞いていた先生が詐欺かよ、と失笑した。

「今ね、学校の先輩と一緒にいるの。あの、そこで泊まってるから。夏休み中に帰るけど、ごめん」

『いいけど、ご迷惑だけは……』

「うん、大丈夫。ちゃんとしてるから。結構こっちにいるからママはちゃんとご飯一人分食べてね。夏は暑いからちゃんと健康的な生活してね」

『うん』

「あと、クーラーはつけたら消さないでって。何回もつけると電気の消費がすごいんだって。涼しいところにいてね。僕帰れないから」

『うん』

母もまた、鼻にかかった声をしていた。けどもそれはこれっぽっちも面白いことなんてなかったし、私はなるだけてきぱき喋るよう努めた。母はずっと小さく相槌を打つばかりであったが、じゃあね、と切ろうとしたら蚊のなくような声で、

『心配したんだからね』

と言った。動作を反射で止めることは出来ずに電話はそのまま切れてしまった。言い聞かせるみたいな声に私はぼんやりと受話器を見つめた。先生はぶすっとしていた。

「お世話になりました」

他人の家に泊めてもらうのは初めてだったが、随分と大変なことをしてしまったのはわかるため、知る限りの最上級の礼をした。おばあさんは玄関先に蹲った私を見て大慌てで肩を抱き起こして顔を合わせた。引っ張り上げられた目の前ににゅっとおばあさんの顔が現る。しわが深いのが愛嬌あって好きだった。所々に感じる先生の面影に、檸檬先生も将来はこんな優しそうな顔になるのだろうかとちょっとだけ期待した。当の本人は私の丸まった背中を見て大爆笑したあとスマホでなにやら連写をしていた。死ぬほどむかつくというのはこの感情のことを言うのだろうか。きっといつかどっかで引っ張り出してきて笑いのネタにするつもりだ。弱みを握るのが随分好きなようだ。やっぱり先生はおばあさんみたいにはなれないと考え直す。

おばあさんは私に幾つかのタッパーとお菓子を持たせてくれた。ずっしりとした饅頭のようなお菓子は中に餡子が詰まっていて、大きいのに安くて腹にも溜まる。ここ数日でいくつか食べたが美味しい。一食分抜いても大丈夫だし味覚的にも大満足だ。おばあさんの家で出

される料理は毎食かなり多くて辛かった。残してしまうのは勿体無いしでも容量を考えるときつい。美味しい料理は香りからよく、母が作るのとはまた違った、深みのある味がした。余計に残すのがもったいなく、食べきれないことに不平を漏らせばラップをして冷蔵庫に入れて翌日に食べさせてくれた。

「一応日持ちするものを選んだけど、タッパーのは足が早いから早めにお食べ」

おばあさんに手を振って、行きより重い荷物をリュックに詰めて玄関を出た。新しい綺麗な服を身に纏って家へ帰る。孫がまた出来たようで楽しかったよ、とおばあさんは抱きしめてくれたけど、どういうことかわからなかったからただじっとしていた。どこかむずむずする感じはしたけど、違和感は謎が深いまま、理解することは出来なかった。檸檬先生も、これと言ってなにもすることはなかったし、ハグ自体を嫌がって拒んでいた。これでよかったのかもしれない。

来た時と同じように先生があの分厚い財布で切符を買って、それを使って改札を抜ける。今日は湿度も気温も高い。東京はもっと暑いかもしれない。屋外ホームでキャップを目深にかぶった私は、隣に立つティアードワンピースの檸檬先生の横腹にそっと頭をつける。寄りかかるほどには体重はかけないものの、そっとそっと頭を預けた。帽子に少し指が触れた気がした。

がたん、と電車が揺れて私の肩に先生の髪が躍る。ぐっと頭を引き寄せられて私は先生に今度は完全に寄り掛かった。

電車にはたくさんの人がいた。見られているような気がしてそわそわと先生を視線だけで追うが、先生は瞼を閉じてしまっていた。その斜め下から見る顔はまだ少女であるはずなのに切り詰めたような鋭さがあって、その鋭利な刃物のような顎の流れをただ黙って見つめているのも悪くなかった。尖った彼女の横顔は飽くことなく美しい。美しいなんて言葉ではあんまりだと思うが、それくらいしか簡潔に言い表せる言葉をその時私は持ち合わせていなかったから、ただ薄ぼんやりと、檸檬先生は美人だなあと思っていた。

どくん、と心臓がなる。どくん、と大きくなる。少し胸が詰まる。体温が分けられている。どくんと一つ、鼓動。ああ先生の胸からはなんの音もしないのに、私の心臓の脈動はどうしてこんなにも高鳴っているのか。

『蓬莱町、蓬莱町。四番線の電車は……』

むっと草いきれ。アスファルトのうだり。空に覆いかぶさる鉄筋コンクリートのビル群。空は青、白い雲。

「ああ、立派なかなとこ雲だ」

「かなとこ雲?」

「うん、あのてっぺんが平たい雲のこと」

「あれ、そう言うんだ」

先生はティアードワンピースの中で笑った。私は帽子を深く被り直した。

ツクツクボウシが遠くで静かに泣いた。

秋

1

二学期が始まったら悠長なことは言っていられなくて、文化祭の劇のためにクラスはかなりピリピリしていた。朝学校に行ってみればいつもなら半数ぐらいしかいないのに今日はもうすでにほぼ全員が登校していた。教室の中央に皆で集まって、円になってなにやら話し合いをしている。私が教室に入っても今日は誰も見向きもしなかった。なかなかに気分がいい。いつもならどこかから陰口らしきものが聞こえてくるのだが、彼らは話し合いに夢中で私を気にかける気もないのだ。ほっとして席についた。机の上や中、椅子にもなんの悪戯も施されていない。

窓の外を覗くとまだ残暑ある夏風味の横庭に青い葉が茫々茂っていた。そこから見える空は朝だからか、はたまた夏の勢いが過ぎ去ったからか、少し彩度を失っていた。教室は朝露に若干冷えている。

担任教師は出席簿を抱えてクラスに入ってくると、色気のかけらもない黄ばんだ扇風機の電源を入れた。弱々しい風が教室の空気をかき混ぜた。

「朝練は基本的毎日オーケーですから皆さん一ヵ月後の文化祭に向けて頑張りましょう」

もっとも私は檸檬先生との制作のみで、クラスで動く気はないのだが、取り敢えず形だけ相槌を打っておけば隣の席の女子に睨みつけられた。

中休みに席を立っていた私が教室に戻ると、私の席はいつも通りに後戻りしていた。随分と趣味の悪い落書きが机の上にされている。十二色クレヨンをわざわざ全色使ったらしく、ぐちゃぐちゃに描き乱したそれは服の繊維を絡ませたかのような酷さだった。ともすると巨大な埃のようである。力を込めて押し撫でてみたら、人差し指がタイダイ模様になった。

「ぅえ、」

喉元に熱い胃液がせり上がる。目の前が歪み逃げ水のように足元が揺れる。必死に首元を掻き毟った。色が混じって音となって目に飛び込んでくる。強く鍵盤を叩きつけたときに出るような乱暴な音だった。私の鳩尾(みぞおち)を無造作に殴りつける。

だめだ。違う、そうじゃない、先生、先生のことを考えろ。こんな汚いモノじゃなくて、あの。

頭痛がしてくるようだった。混乱した頭では先生の顔すら明確に出てこない。色味の安定しない檸檬色だけちらついて集中は霧散する。

私は駆け出した。教室に何もかも置いて走り出した。

中学部の棟へ一気に駆ける。渡り廊下の雨風に晒されたコンクリートを力一杯踏みしめて、中学部の教室の前を走る。こちらは十分休みの時間なのだろう、ドアの横でたむろしていた生徒が何事かと振り返る。そんなこともどうでもよかった。

先生のクラスは前に聞き齧っていた。東棟の奥にあると言っていた。一階の端っこの教室だと聞いた。巨人の巣窟のような中学部東棟をかき分けかき分け、私は奥の教室に向かった。ちょうど教室の最前列右端に先生は座っていた。

背筋をピンと伸ばして、目は真っ直ぐ前を向き、唇を横に引き締めている。真っ白なワイシャツをきちんとスカートに入れていて、ジャージのズボンを相変わらず穿いていてそれだけで彼女を台無しにし、彼女を彼女たらしめていた。

私はほっと息をついた。先生の黒髪を見て安堵の息をついた。優しげではないが凛とした檸檬色が脳を占めていき、呼吸と脈拍が落ち着く。先生、と呼び掛けようとした。しかしそれらは全て無に帰した。

びしゃん！　と大きな音が間近でした。冷たい無数の粒が私の頰を打つ。どっとまた心臓が悲鳴を上げた。嫌な匂いが鼻を突く。頰に触れてみた。水道の臭いの強い水だった。先生の横で友人かなんかと談笑している男子生徒の手には掃除用具の水色のバケツが持たれていて、それが先生の頭の上でひっくり返って雫をぼたぼた垂らしている。先生は変わらず前を向いてただ静かに座っている。頭からびっしょり冷たい水を被って、なお黙ったまま座っていた。黒い髪は濡れてやけにぎらついて、ワイシャツは水を吸って下に着ているTシャツが透けていた。男子生徒は先生のことを全く見ていなかった。なにもしていないかのように他の生徒とへらへら笑い合っている。バケツはそのまま先生の机の上に置いた。先生はなにも言わない。私は脱力して、目も口も開いたまんまだった。

「せんせい」

思わず口をついて出たその声に、檸檬先生はさっきまで人形みたいだったのが嘘のように跳ね上がって立った。そのまま走って後ろのドアから廊下に出て、水を振り撒きながら私のところに来る。

「少年！　どしたのこんなとこ来て」

彼女は笑っていた。楽しそうな笑みだった。さっきは面でも被っているのかと思うほどに表情を動かさなかったのに、私を見るというそれだけのことでこんなに笑っている。私は泣き出しそうだった。吐き気なんか治まって、それなのにどうしてもムカムカして仕方がなかった。目頭が熱されたようになって、だが頭から血が引いていくような感覚がした。

「せんせい、せんせい」

うわごとのように繰り返し、ふらふら彼女に近寄りその細い腰に抱きついた。先生は面食らって両手を上げおどおどした。構わずその腹に顔を押し付ける。顔がじっとり濡れてカルキの臭いが鼻腔を通る。頬に飛んだ水飛沫も全て先生のシャツに染み込んだ。

「少年、どうしたの本当に」

心配しているような声音だと思ったのは自惚れではないはずだった。私は声を出すこともできずにただ立ち尽くすばかりで、先生はきょろ、と目線を彷徨わせたあとに私の背中を押して歩き始めた。

先生は私を教室の向かいにあった多目的室に連れ込んだ。かつてはもっと大所帯だったこの学校にはその名残として空き教室がいくつか残っている。多目的室と称されたそれらは大体教師たちの物置と化しているが、この多目的室には大量の模造紙や藁半紙、誤植があったり使用済みとなったプリントが溜められていた。

先生は紙に埋もれた机の上に私を座らせ、ハンカチで顔を拭いてくれた。かさりとした素材のハンカチだったが、先生の手つきは丁寧で、摩擦を感じさせず痛みはなかった。余計に胸が苦しくなった。

埃っぽい多目的室は秋の兆しをちっとも見せずに私たちを蒸しあげる。閉鎖された空間は息苦しくて、私は檸檬先生を見つめた。先生は困ったように後頭部を掻いた。

「一応さあ……中学部校舎は基本小学部児童は立ち入り禁止なんで」

ずっと洟を啜った。先生を見る。まだにやけていた。

「せんせいだって、小学部校舎に勝手に入ってんじゃん」

「そうでした」

授業開始のチャイムがなった。

「先生授業はいいの」

「いいや」

先生は髪をぎゅっと絞った。べちゃべちゃべちゃっと水が床に跳ねる。ワイシャツもボタンを全て外して脱いでしまった。下に着ていたのは体操着だった。白い体操着もまたぐっしょりと濡れている。

「あいつ酷いやつだ。先生大丈夫なの」

「あ？　うん、まあね。そんなもんでしょ。あいつらは社会不適合者って奴なんだよ」

「しゃかいふてきごうしゃ？」

「そう」

先生は額に張り付いた前髪をぐいと後ろに追いやると、チョークで黒板に字を書いた。

「こうやって書くの。あいつらはね、弱者で敗者なんだよ。他人を自分より下のものと設定してそれを虐げることで自分を高めようとしている。結局それは浅はかな考えに過ぎないし、自分の弱さを無意識に隠そうとするからそうなる。馬鹿でかわいそうな奴らだよ」

「じゃあ先生は社会適合者なの？」

「そういうわけでもない」

先生はチョークを向こう側の黒板に投げつける。チョークはかなりの勢いでぶつかり砕け散った。ぱっと黄色の粉が飛ぶ。黒板が一瞬薄黄色に色づいた。

「私は私で社会不適合者。この話はやめよう。文化祭の準備をしよう」

先生は黒板の文字を消した。

「文化祭の話って、自由展覧会の？」

「ん。なに作るかって話だけどさ、絵はどうかな」

「僕に絵なんか描けると思うの」

「いやだってさ、画力なくても色塗りは綺麗だったじゃん？」

「一色だから塗れたんだし」

「だから、言ったでしょ、ずっと私のこと考えててって」

思わず黙り込んだ。上目遣いで先生をちらと見る。勝ち誇った笑みを浮かべているのが頭にくる。

「大丈夫。あれやるんだよ。共感覚アート」

「でも、あれ、映像作品ってやつでしょ。難しいよ僕には」

先生はそれを聞くとバカだなあと鼻で笑った。

「頭がかたいね少年」

「馬鹿にしたいだけじゃん」

「まあそう怒るな」

怒る。誰だって怒る。

頬を膨らませて怒りを目一杯表現してみたが先生はその空気を入れた頬を突っついて遊ぶだけで取り合ってもくれない。まともに聞かないといいことなんてないのにな。先生と一緒にいると色々と達観しそうだった。子供だから無理だけれども。

「静止画的な絵にもできるのさ～共感覚は。つまり、一枚で一曲の絵を描く」

「先生のやっていた映像作品が小説のドラマ化なら、僕たちがやろうとしているのはポスター制作ということ？」

「え、いい例えだな」

先生の顔はくるくる変わる。教室ではあんなに真面目腐った表情だったのに、それが嘘のようだ。その方がいいと私は思った。口には出さないが、そこが彼女の美点だ。

「私がやったのは聴こえた音をそのまま見えた色として映像でぴったり表しただけのただのコピーアンドペーストみたいなもんでさ、でもやりたいのはそれじゃなくて、聴こえてくる音の重なりの雰囲気とか、使われている楽器の音色だとか、それをぎゅぎゅっとすることで、つまり見ただけでこの曲はこんな雰囲気なんだってわかるものにしたいってことで」

「なんの曲やるの？」

「それを今から決めよう」

私は生憎曲なんてものそもそも知らない。聴かないし聴こうとしないからどんなものがあるのかわからないのだ。知っているのは運命と、先生の弾いていた曲と、シンコペーテッドクロックと、春と、そういう音楽の授業で聴いた有名なものくらいだ。

難しい顔をしていたのだろう、先生は変な顔しないでよと笑いを堪えるのに必死だった。

「なんでもいい、で決めちゃいけないのが芸術だよ。芸術は私たちの主張なんだ。見た人に何か、印象を弱くてもいいからなにかしら与えること。その影響は確かに小さなものだとしてもいつかその人の血肉となる」

「カッコいいこと言っちゃって。なに言ってんのかよくわかんないけど」

「ひどっ」

漸く頰が緩んだ。強張っていた力が抜けて少し顔に血が上る。

「で、無理を承知で訊くけど。なにかやりたい曲はあった？」

「うん……」

私はちらりと先生を見た。先生は相変わらず綺麗な檸檬色だ。なにも混ざってない美しさで、佇んでいる。

オンガクは、気持ち悪いものだった。でも、先生が作ったあの映像は、音楽だった。正しく、名が体を表していた。

自然と口は音を紡いだ。

「シンコペーテッドクロック」

口に出すとそれは軽やかな響きだった。

「そう。どうして？」

「先生が、音楽を教えてくれた曲」

先生は瞠目した。それからゆっくりと相好を崩した。

「そっか」

花の綻ぶようであった。河辺のたんぽぽが根を張ったまま、冬を越え春にそのつぼみを開いたような笑み。ふっくらと膨らんだ頰がほんのり赤みを帯びる。

先生は模造紙の山をがさがさと漁って、中から一枚の大きな白い紙を引き出した。空いている机の上に広げれば横幅は私の両手いっぱい分ありかなり大きい。

「作品っていうのはね、計画がまず大事。例えばどんなテーマなのか、どんな配置で描くのか、画材は何か、大きさはどんなもんか。ちゃんと先を見通しておくことが重要。というわけでテーマ出しをしていこう」

「テーマ出しって？　テーマってシンコペーテッドクロックじゃないの」

「メインはね。でもそっからシンコペーテッドクロックがどんな音楽かっていう私たちの共通認識が必要になるだろ。印象かな、簡単に言えば。例えば全体的には青っぽい色が多い、とか音色は尖ってる、とか」

先生はくるりと油性ペンを回した。模造紙の真ん中に「シンコペーテッドクロック」と書き、改行してルロイ・アンダーソン。それを大きくまるで囲んだ。

「少年はいろんなものが色になるんだろ。じゃあ全ての感覚に色がついてるのかって言えばそうじゃないはず。例えばギターの音とかヴァイオリンの音とかに色はつくか？」

「つかない……というか考えたこともなかった」

「そういうもんだからね。あるものはあることが自分の中の普通。ないものはないのが自分の中の普通。それでいいんだよ。まあ今回の絵ではそういう私たちが共感覚として持っていないところも補足して穴埋めしながら描いていくんだ。全て共感覚頼りじゃなくて、想像力も働かせる。かつ、見ていて気持ちの良い絵にする」

「難しそう」

「そんなことはない。多分」

「大雑把だ」

「いいだろーがべつに。ほらイメトレするよ」

先生はきゅぽっとペンの蓋を開けるけれど、あまり聴き慣れていない曲の印象を聞かれても困るだけだった。頭の中に思い浮かぶのはぼんやりとしたストリングスくらいでとても思い出せたものではない。眉を下げたら目ざとくそれを見咎めた先生が一度ペンに蓋をして立ち上がった。

「じゃあ、聴こう」

「聴くって。先生スマホ持ってないじゃん」

「違うよ」

音楽準備室に不法侵入するんだよ。

「フホーシンニュー」

どきり、と心臓が高鳴った。

中学部校舎をこんなにじっくりと見たのも初めてだった。中学部は小学部よりもやはり生徒が落ち着いているからか校舎の白い壁に靴の跡などほとんど無かった。

音楽室及び準備室は地下一階にあるのだと先生は言った。地下は普通教室がなくそういう専門教室だけだ。音楽室は奥まったところにあり、手前の方に美術室と図書室がある。理科室と家庭科室は四階五階にあると先生は言った。技術室の場所は正確には覚えていないらしい。

私立であるこの学校はとにかく設備に金がかかっている。東京に建っているからかいやに縦には長いが、金をかけただけあって便利な設備が殆どだ。歴史ある中学部校舎も最近建て替え今ではすっかり現代風である。小学部校舎の建て替えはここ数年で始めるらしいが、なるほど学費が高いのも頷ける。それほど教育には力が入っているようには思えなかったが維持費や備品費に随分かけているのだろう。校舎が古いといえども使っている備品は一級品だ。体育で使う道具など古くなったらすぐ買い替えている。図書室も年々本が増えるばかりだ。扇風機だけはなぜか古いが数年以内にエアコンが導入されるのであれば買い替えなくてもいいと判断したのだろう。

音楽室は長い廊下を真っ直ぐ進んだ突き当たりのところにある。廊下は真っ暗な癖に中からは灯りと仄かに音が漏れていてどうやら授業中のようだった。なんだか夜の歩道から見る普通の一軒家のようだと思った。音楽準備室はその手前に位置しているが入り口は二ヵ所ある。廊下から入れる入り口は基本鍵はかかっていない。音楽室からも入れるがそちらの鍵は音楽教師が管理しており授業時以外は開いていない。防犯意識の高い教師なのだと先生は言った。楽器は特に高価であるから盗まれたら大変だというのが教師の意見である。もちろん校門を出入りする時点でセキュリティは万全だからあくまでこれは教師の自己満足だ。ならば廊下の入り口はなぜ施錠しないのかというとそのドアが大の大人は通れないほどの狭さだからなのだ。もはやドアではない。穴と言っていいだろう。なぜそんなものを作ってしまったのかわからないが、その入り口は戸を閉める必要もないためそのままにしている。小柄な中学生なら入れるかもしれないが、中学になってまでそんなことをする生徒はいないであろうという考えから施錠しないらしい。それが功を奏した。やはり侵入しようと思う物好きはいるのである。

「静かにね、授業中で中はうるさいとはいえいつバレるかわからない。そしてバレて被害被るのは少年の方だから」

「そんなリスクを冒す意味って」

「少年、時には好奇心が何かを突き動かすこともあるんだよ」

馬鹿なことをしているとは思う。しかし確かに好奇心が何より勝った。こそこそと狭い隙間から暗い準備室に滑り込む作業はスリルがあった。

「ドキドキするね」

「ばか声がでかいよ」

「ふふ」

だんだん胸の高鳴りと共に腹が揺れるのを止められなくなった。声を極力押さえつけていると吐息だけが断続的に漏れた。先生は呆れた、と肩を竦めた。

「何を持ってくの」

「CDプレイヤーとルロイのCD。少年はCDプレイヤー探して持っといで。私はこっちでCD探しとく」

「うん」

音楽室側のドアから光が差し込んでいるとはいえ、準備室は埃っぽく真っ暗だった。足元にプリントなどもたくさん落ちているし覚束ない。手探りの状態で進まなければならないから大変だった。

プレイヤーは棚の下にあった。楽器棚とドラムセットの隙間に埋め込むように置かれたCDプレイヤーはコンセントにプラグが挿さっていてよく使うもののようだった。蓋を開けて手を差し入れてみるとCDは入っていなかった。蓋を閉じプラグを抜き持ち上げる。重い。小さな出入り口に足を擦り移動して、楽器棚の向かいのCD棚を注視している先生に小さく声をかける。

「先生、見つけた？　ルロイ」

「んー、バロックとかなんかのクラシックばっかで……まだ……」

「誰かいるのか」

ガチャリと音楽室側のドアが突如開いた。私は身を竦めてその場に立ち尽くす。爪先の手前まで光が差した。逆光の中見えるのは見覚えのない中学音楽教師だ。先生はドアが開いた瞬間にコントラバスの楽器ケースの後ろに蹲み込んでいた。まだ暗闇にいる私は教師には気付かれていない。ぎしぎしと首だけ回して泣きそうな顔で先生を見つめると先生は口を動かして無声音でうごくなと言った。私は首を回したまま固まる。

中年の音楽教師は目が良くないようだった。しぱしぱと瞬きをし目を擦ってから首を傾げぐるりと中を見渡す。

「んん、呼ばれた気ィしたんだけどなァ」

「暗闇に呼ばれるとかせんせー厨二かよ！」

「誇張しすぎだ」

音楽室から生徒の野次が飛んだことで教師は音楽室に戻っていった。自然とばたんとドアが閉じる。

私はきっかり三秒ののち思い切り息を吐いた。

「はあああ！　びっくりした！」

先生は口元を両手で必死に押さえている。大声で笑い飛ばしたいのだろう。私もだんだんとおかしくなってきた。

二人で小声で笑った。埃が口に入る。

「先生、CD見っけた？」

「うんあった。ほら、コントラの横らへんに隠れてた」

先生は人差し指と中指でカッコつけたようにCDを見せびらかすけど、光が少ないからあんまりよく見えなかった。

「少年」

「うん、プレイヤーもゲット」

「よし、ずらかろう」

先生はニヒルに笑った。狭い穴から這い出るように抜け出し、私は胸にCDプレイヤーを抱えて走り出した。音楽室の防音扉から微かに漏れ出る演奏音もやがて聴こえなくなり、一階に戻った私たちは多目的室に飛び込んだ。

明るい多目的室の電灯の下に見てみれば、プレイヤーは黒かった。もう少し明るい色だと思っていたのだが、どうにも見つからなかったわけだ。

先生が手に持っていたのはルロイ・アンダーソンの曲を集めたCDではなく、「子供のための音楽」というCDだった。やけに子供らしいポップなジャケットをひっくり返して見たりなどして、先生はうんとうなずく。

「それ、本当に入ってるの」

「うん。これあれだよ。なんか、子供に人気のある曲集めたやつ。ほら、運命とか入ってるし。シンコペーテッドクロックもそりゃ有名な曲だから子供人気も高いだろうし入ってるね」

覗いてみると確かに聴いたことあるような曲名ばかりが並んでいる。春やカノンなどならメロディも思い出せた。

「じゃあさっそくですが、流して聴いてみよう」

多目的室にはちゃんとコンセントがあってプレイヤーの電源を入れてCDをセットした。

ＣＤには十二曲入っている。その九番目がシンコペーテッドクロックだった。再生ボタンを押すときゅるきゅると鳴って曲が始まった。楽しい、明るい曲。一音一音の入れ替わりは意外と遅いけれど、沢山の音色で出来ている。なによりところどころのアクセントの時計の音が本当に面白かった。この曲は何度聴いても、もう泥水になることはなかった。

一度流して聴いて、二回目は模造紙に印象を好きなように書き込みながら聴いた。時計を模したウッドブロックの音色はどう。スタッカートのところはこう。レガートのところはそう。色は？　形は？　感触は？

ワクワクした。ドキドキしながら目を凝らし耳を傾けた。こんなにも胸の躍る共感覚は初めてだった。模造紙はすぐに字でいっぱいになる。反対側には逆向きに書かれた先生の文字が躍っている。先生は色の名前をたくさん書き出していて、その下に大量の点を打っていた。その色が出てきた回数のようだった。赤、青、黄色、緑とざっくりした色相でしか書いていないが大体の色の傾向を見ているようだった。他にもミミズみたいな字で何やら書き付けてあるがなんと書いたのかは解読できない。

「音のばらつきはあんまり大きくないねえ」

「一枚で表すとは言うけど、やっぱりどっかにメインメロディの色を描いたほうがいいんじゃない」

先生は腕を組む。指をくるりと回したり真っ直ぐ引いたりして逡巡したのち、新しい模造紙に渦を大きく描いた。中心から外に広がるような渦だった。

「じゃあ、下地にこっから始めて渦巻に主題を表現しよう。その上から……」

「曲全体のイメージの色を塗る、とか？」

「うんいいね」

鉛筆でラフにアイデアスケッチをしていく。渦状のボヤッとした色、その上に一色。

「あとは展開の部分のレガートの雰囲気だしと、そうだな、時計の音色とか入れとこう」

あれこれと二人で弄ってようやく下絵も決まった。これがエスキース、と先生は言った。

黒白だけで表現しているからあまりぴんとはこない。

「画材は、これだとアクリル絵の具一本かな」

「アクリル？」

「ん。主題と曲の色は水でかなり薄めたやつ。そしたら水彩風に重ね塗りできるだろ。それからベタで……」

檸檬先生は生き生きとしていた。私も釣られて身を乗り出す。スケッチに画材と方法を書き込んでいけばいよいよ頬が熱くなるようだった。二人してずっと多目的室で絵のことを話し合った。


次の日の朝も学校に来てみればクラスメイトは全員劇の練習に参加していた。唯一違うことといえば私の机がびしょびしょに濡れていたというところか。木の椅子にまで水は垂れて染み込んでしまっていたが私は大して綺麗好きでもないから雑巾を何枚か費やし水気を拭き取った。午前中の授業四時間分はちゃんと出席するというのが昨日先生と交わした約束だった。だから先生もきっと今頃中学部校舎の自分の教室にいるのだろう。授業なんてそっちのけで、今はとりあえず四六時中檸檬先生のことを考え続けるのに専念した。国語の授業中に隣の席の女の子が消しゴムを落とした。使い込んで丸かったから私の席の足元まで転がってきた。拾おうかと思って手を伸ばしたが、私なんかに直接触られてはもう使いたがらないかもしれない。私は一度体を起こしまだ開けていなかった駅前で配っていたポケットティッシュを開けて一枚目で包み込むように消しゴムを拾い上げた。彼女の机の端っこに消しゴムを転がしてやれば隣の女の子は不満そうに唇を尖らせたあと小声でありがとうと呟いて肩あたりの髪をくるくると弄った。伏せられた小さな目を縁取る睫毛は意外と長くて、私はそれをまじまじと見つめた。

昼食を食べてから私は約束通りに多目的室へ走った。先生は既に紙に埋もれて悠々と足を組んでいた。なぜか着用しているのは体操着だったが。

「四時間目体育だったから着替えんのめんどくて」

「先生って結構めんどくさがりだよね。絵なんて描けんの」

「描けるよ！」

先生は白いCDプレイヤーをぶらぶら振って見せた。お洒落な金色のロゴの入ったプレイヤーで、その尊い雰囲気を見るにきっと先生の私物だ。かなりの高級品だろうと当たりをつける。先生の父親の会社のものかもしれない。きっとそうだ。色々経営しているのだろうというのはなんとなくわかる。

CDプレイヤーは傷が一つもなく、汚れが目立ちやすい色でありながらも新品のような輝きを持っていた。ことりとそれが大事そうに置かれるのを見るとますます先生という人が謎に思えてくる。

先生は今度こそルロイ・アンダーソンの曲集を持ってきた。これは母の部屋から持ち出したのだと言う。そんなことしていいのだろうかという不安が顔に出ていたのか、先生はからりと笑った。

「うち家にパパもママも殆ど帰ってこないからバレないよ。好きにしていいとも言われてるし」

両親がほぼ家にいないなんて、僕と先生はどこまで似ているのだとその時思った。決定的な違いは母の部屋があるということだろうか。私の家は簡単に襖と障子で区切っているだけで明確な部屋の違いをあまり考えないため、あるのは母の隔離したアトリエという名の父のガラクタ部屋だけだった。その部屋も結局は私の勉強部屋となっている。母がいない日には布団を持ち込むこともあった。私物は置いていないから私の自室とは言えない。

「今日は塗る色の配合を決めよう」

「配合ってかっこいいね」

「塗る色ってのは主題のメロディラインの単音の色と、曲全体のイメージの色と、時計の音色と、レガート部分のこの四つだ」

先生は昨日描いたラフスケッチを拳で叩いた。そこにはざっくりとした制作計画が描かれている。

「私と少年の共感覚を用いるのはこの主題のところのみで、残り三つは想像力が必要とされる。じゃあまず曲の主題のところだけヘビロテするから二人で色を聴き取ろうか」

そこからが大変だった。わりとテンポの遅めの曲とはいえ聴こえた色を書き留めている間に次の色がどんどん耳から抜けていってしまう。主題だけでもかなりの時間を要する作業だった。

赤みの強い紫、黄色、緑、暗めの橙。何度も何度も聴いて書き留めていく。

「本当は音だけ取ってピアノで弾き直してもいいんだけどさ」

一度休憩と再生を止めた際に先生は頭をかいて楽しそうに破顔した。

「やっぱりピアノかヴァイオリンかってだけで色も微妙に変わるから」

そういうところが好きだなあと思った。

昔テレビで仕事のドキュメンタリー番組なんかを見ていた時と同じだ。プロ意識というのは格好良い。一つのことを必死に追求する姿は、背筋がピンと張っていて凜々しいのだ。

私も親指を立てた。

ある程度聴き終わったところで先生は私にタブレット端末をよこした。

「お絵かきアプリが入ってんの。聴こえた色に一番近いやつ出して並べて」

ペンツールの横に色ツールがあって、それをタップすれば色相環が表示された。正方形の中で一色がグラデーションになっており、おそらく明度差彩度差による違いなのだろう。

この大量の色の中から正確に色を取り出すのはかえって難しい。何度も塗り直しをしながらえっちらおっちら主題の色を選び出す。

出し終わってもう一度曲を聴く。あ、しくじった。ラの音がズレてる。

修整を加え、先生のタブレットと突き合わせた。似たような色がずらりと並んでいるが、基準のドから音が高くなるにつれて色のズレも大きくなっているようだった。先生の作った映像のアートを見たときに少しの違和感があったのはこれのせいだろう。一緒だと思っていたけれど、やはり多少は違いがあるのだった。

「まあ大きな影響はないよ。本当に微妙な違いだし。ただこれはデジタルだから楽に出来たけど、アナログならもっと大変。限られた絵の具の中で色作んなきゃなんねーし」

先生はがさっとプラスチックバッグを漁って中から透明なプラ箱を取り出した。

「そこでこれ！　アクリルガッシュ！」

「うん」

ふざけ始める先生は放っておくことにした。何か言ったところで意味がないことはわかりきっている。先生は絵の具のチューブを一つ取り出して掌を後ろに添えて何やら私に向けてパフォーマンスをしている。私はぱちぱちと拍手をして愛想笑いをしておいた。先生はもちろんそんなことではめげない。

「アクリルガッシュ、今回は百五十色用意いたしました」

「多いな」

「ではまず、ラの音から作っていきましょう」

言葉尻をやたら跳ねさせてそれっぽく話を進める先生を私は黙って眺めていた。先生は箱の中からいくつかチューブを取り出す。紫系統と赤系統と、灰色だ。

「こちらのラの音は赤みをうっすらおびた紫色です。が、明度も少しばかり低い色なのでグレーも混ぜていきます。黒を混ぜるとちょっと濃くなりすぎるのでグレーでーす」

パレットにチューブから絵の具を出す。なんだかスケッチブックみたいなパレットで、私は側面を触ってみる。紙が重なって束になってパレットが形成されている。

「これは、紙？」

「こちらペーパーパレットになります。えー……まあ安く画材屋さんで買えます。紙の上につるつる加工がされているのでェ、使い終わったら一枚剝がしてまた使えます。洗わなくて良いってまじ便利」

「そのキャラどうにかならないの」

「さて取り出しましたのはローズとニュートラルグレー。こちらを混ぜていきたいと思いまーす」

「そのキャラどうにかならないの」

「えーとォ、ローズ多めでェ、ニュートラルの方は十に対して二くらいがぁ、ちょうどいいというかぁ」

「そのキャラどうにかならないの」

「うるっさいなぁ！」

先生はとうとう本性を出してこちらを睨みつける。猫を放り出した。私は半目くらいで彼女を見遣る。先生は唇を突き出していた。

「ていうかブレてってない？　そもそも十対二って、割れるよね」

「頭良くなったね少年。だんだんヤなやつになっていってない？」

「先生に教えてもらってるからね。先生に似たんじゃないの」

日頃の嫌味をこめて精一杯睨みつけると先生はふと口をつぐんだ。表情が消えていて何を考えているかわからないが、きっと打ちひしがれているのだろう。そういう雰囲気だった。

「まあ少年、君も一緒に色を作ろうじゃないか。何色混ぜればどうなるかとか、案外難しいんだよね」

筆を一本渡され隣に腰掛ける。ローズとニュートラルグレーは混ぜかけで歪なマーブルを示していた。鮮やかな赤とやけに純粋なグレーが混ざる様はなんだか蠱惑的(こわくてき)だった。

出来上がった色は少し白に近すぎた。赤が強すぎるし基準より一オクターブ上のシの音くらいの色だった。少しぶれている。

「なんの音に見える？」

「シ。オクターブ上の」

「私はオクターブ上のシ♭かな。なんにせよちょいずれたね」

「赤過ぎない？」

「うん。あと、白い。高いね音が」

私はプラ箱からバイオレットとジェットブラックを取り出す。先生は満足そうに頷いてそれを掌に置かせた。

チューブを慎重に押しバイオレットはやや多め、黒はちょっとだけ出す。混ぜ合わせると先ほどの色よりはラに近づいた。

「どう？」

「んー……ちょっとだけ、ほんとちょっと高い？　でも誤差？　シ♭かな……。わかんない」

タブレットに表示したキーボードでラの鍵盤を叩きながら色を見る。少しだけ気持ちが悪いような気もしなくはない。

「私はこんなもんかな。もうちょい鮮やかさが欲しい」

先生はタブレットの一番最初の音をこつこつペン先で叩いた。先生のタブレットの色を見ているとだんだん傾向がわかってくる。たぶん、先生と私はドの音がほぼ完全と言っていいほどに一致している。しかしそこからが問題で、先生は高い音ほど彩度が上がるのだが、私はそこが明度の方が上がりやすいということだ。どちらも上がるがズレは微小にあり、やはり完全に一致することはないのだと実感した。

結局先生と私の見える色の中間あたりの色で合意となった。ようやく一色できたと思って時計を見ると十分は優に過ぎている。ため息をつかざるを得なかった。


時間は大幅にかかるが色作りはどれでもやはり有意義なもので、私は時間を目一杯使って音階を作り上げた。だんだんと色作りには慣れていくから最後はラの音ほど苦労はしなかった。

放課後、早めに学校を出た。多目的室はたびたび吹奏楽部員が使用するらしく、小学部児童と鉢合わせをすると面倒なものだと、六時間目の合間に先生の計らいによって中学部校舎を抜け出した。

一人誰もいない通学路を下校し、石ころを蹴りながら家に帰る。夕暮れは近くはないが遠くもない。影は長く足元から伸び、石ころ全体を覆い尽くした。
鍵を自分で開けて家の中に入るが、電気がどこも点いていないのを見ると母は帰っていないようだった。私の帰る頃には家にいる日と、そうでない日とがあった。今日はそうでない日だ。多分すぐに帰ってくる。

リビングにランドセルを置いた。ガラス障子を締めると雨戸の開いたままの窓から傾いた陽がビカビカさす。西向きの家だから秋になりたての頃の昼間は暑くて敵わないのだ。

エアコンはつけっぱなしにしているようだった。流石に設定温度は上がっている。そろそろこの怠(だる)い残暑を抜けエアコンは役目を一時終えて休暇に入るのだろう。

「いいなお前は、休み期間はあるけど、みんな大好きだもんな、エアコン」

斜め上に呼びかけても、エアコンは寂しげなぶお、という声で鳴くのみである。私は床に腰を下ろした。

電話が鳴ったのはそのときだった。登録されている電話番号からかかってくる特別な着信音だったため私は立ち上がって電話機の画面に表示される相手の名前を見た。

おばあちゃんだった。母親はもうすぐ帰ってくる。おそらくは母に向けてかけたのだろうが、祖母はいつも気が立っているから母にはあまり電話に出て欲しくはなかった。むしろ今私が電話に出れば軽く談笑する程度で今日は諦めてくれるのではないか。

浅はかな考えだったが、その時の私はこれを名案ととった。早速受話器を持ち上げるが、まずなんと言って出るのか。考えないまま取ってしまった今私は黙り込むしかなかった。とりあえず小さくはい、とだけは言っておいた。

『もしもし？　……いい加減決心ついたの』

祖母の声だった。しわがれた声で、電話越しのノイズもかかっている。きんと尖った声だから余計に耳についた。

何か返事をしなければと思うのだが、息継ぎの間さえないほど素早く話し始めてしまった。

『大体あなた一人で全て稼ごうというのも無理があるのよ。せっかく稼いでも勝手に使っちゃうなんて人としてどうかしてるわ。私は学費以外の援助はしないと言いましたからね。家だって売りに出せばいいでしょう。体壊したら元も子もないのだから、あんな人とは早く別れなさいよ。聞いてるの？』

「わかれ、わかれる？」

拾い上げてしまった嫌な言葉を、私は反芻した。祖母は私の声を聞いた途端急に黙り込んだ。受話器を持つ手が震えた。意識を外せば落としてしまいそうな程に力は抜けていた。

「パパと、ママ、離婚するの？」

『ママは？　ママいないの？　聞いてたの今の』

私はあからさまに狼狽(うろた)えた祖母の声を聞いてそのまま電話を切ってしまった。

背後でがちゃりと玄関の鍵が開く音がした。弱々しいただいまという声に私は振り返る。珍しく挨拶をしてくれた母に勇んで返す余裕もなく、私はガラス障子を開けた母に縋り付いた。

「ママ、僕、別にちっちゃいぼろのアパートでもいいからね。お昼もなくていいんだよ。ねえ、こんな広い家じゃなくてもいいよ。無理におかず用意しなくていいよ。ねえママ、ママ……」

離婚なんてしないでとは言えなかった。言うわけにはいかなかった。言ってしまえば、それが現実になってしまう気がして、口に出すのは怖かった。

母は西日に背中を照らされていて、表情を窺うことはできなかった。ただ私の手をゆっくりと外すと蹲み込んで私の肩口に顔を埋めた。

「あのねえ、ごめんねえ。ママが悪いの。でもね、この家から引っ越すのはダメなの」

顔が当たった肩の辺りがじんと熱くなった。私も母の胸に顔を押し付けた。

「わがままでごめんね」

頭頂部に刺さる強い西日がじりじりと頭を焼いた。母の肩に流れる黒い髪と私の髪が境界なく混ざり合う。レースカーテンからぼんやり庭のカラタチの緑が透けて見える。

その日の夕飯は小さなハンバーグだった。ぽそぽそで外側の大部分が黒いそれを二人で黙々と食べた。あんまり苦いものだから涙がぼろぼろ出た。それを短い半袖を引き伸ばして拭いた。

母は仕事へ行った。

私は父のアトリエに入った。相変わらず何もないけれど、この間置いていった三色の絵だけが窓の下に煌々と照らされている。強い朱色が気にくわない。

私は思い切りそれに殴りかかった。めちゃくちゃに拳を振り回し、言語ですらない奇声を上げてそれを殴りつけた。

絵はがたがたと揺れた。けれどひび割れることもなく壊れることもなかった。

私は絵を蹴倒した。倒れてしまった絵は三色の面が伏せられてしまって裏側の板面を私に晒した。

どうでもいいことだった。

母と顔を合わせることができなくて、早朝に家を出た。朝食は食べていないし弁当も用意されていない。それでよかった。

いつもは出ない時間帯の朝の空気は澄んでいた。都会の排気ガスは空を濁らせるが、今の時間は静かで、草木が起き出すころで、ちょうどその閑静な呼吸と朝陽の玲瓏さが目立った。青い空気はひんやりと肌を覆い、かさりと枯れ葉が一枚落ちる。

秋の空気は、ただうすら悲しい匂いがした。

「あ、色ボケくんだ」

教室に入ると朝練のために早く来ていた児童がまばらにいて、青っぽい男の子が私を指さした。納戸色がぶわりと広がる。青緑の不透明なインキは空気中に広がって彼の顔を覆い隠した。隣にいるのは松葉色。

「色ボケ入ってくんな〜」

ぐっちょりと緑のペンキがついたその後ろで、ワンピースがちろちろ揺れて私を見ている。

「色ボケ人は色ボケ人とでも喋ってろ！」

踵を返して教室を出た。こんなことは無意味だったのだ。どうしてニンゲンはこうなんだろう。ニンゲンがわからない。私はニンゲンでないからニンゲンがわからない。

なぜ私はニンゲンではないのか。母も父も普通なのに。

一度だけ、本当に一度。まだ分別もない七歳になりたての私は、視界を支配するこの感覚を当たり前のことだと認識していた。何気なくクラスメイトに聞いた時のことだった。勉強は理解できない、音楽も図工もまともに参加しない、既に悪く目立っていた私は決定的に異端とされた。

先生も私と同じだと思っていたが、先生は先生で普通でなかったから排除された。

図書室の新聞を読んでいるとたまに見かける「マイノリティ」という言葉がある。世の中ではマイノリティの人がマジョリティから排除されるのだ。だからマイノリティの人たちがどうのこうのって。

じゃあなんでそんな概念を作ってしまったの？　マイノリティは人間特有の性質で、人間という進化を遂げてから発現したものであるのなら、マイノリティ排除の文化を作ったのも人間の意志なのだろう？　マイノリティなんて言葉を作ってしまったのがいけないのだ。個々を排除するための言葉。排除するためだけにある言葉。少数派だって、普通の人間だろうに。

中学部の朝は早い。小学部と同じように朝練の生徒がたくさんいた。やはりぼろの服を着た私は中学部の中では悪目立ちしたが、教師もいないので気にも留められなかった。

多目的室は電気も点いていなくて、檸檬先生との約束は昼すぎだった。私は紙の山の中に埋れて目を閉じた。

数時間も寝てしまっていたようで、四時間目の終了を告げるチャイムの音で私は目が覚めた。暗い多目的室の閉じられたドアががらりと開いて、首を四十五度くらい右に傾けた先生がジャージのまま入ってきた。変な頭の角度を保ちながら先生はやりづらそうに電気を点け、起き抜けの私を不自然な笑顔で見つめる。

「やあ少年、早かったのね」

先生は右に首を傾げているから左の頬が長い髪に隠され、右側の顔しか見えなかった。半分だけだとまた先生の印象はかなり変わった。人は左右で顔が異なるとは言うが、先生の右の顔は思いの外柔和だった。目のつり具合が左目よりも弱いのか、丸みのある頬の輪郭線はよりそれを強調していた。

明らかに左側を隠している先生に、私は何も言わなかった。言う気にならなかったのである。放置しておけば先生は不審に思ったのか、顔を合わせようともしない私の方へ素早く歩み寄り、髪も重力そのままにして覗き込んできた。

目の前ににゅっと現れた彼女の左頬には広範囲に擦り傷があった。私は無感動にそれを見つめた。先生も私の目を見据えている。

先生の顔が歪に見えた。右の柔らかさが左の大きな擦り傷を余計に大袈裟に見せているのかもしれない。頬に手を伸ばしてそっと指を立てると丸めた背中が若干震えていたが、先生は声を漏らしもしなければ目を逸らしもしなかった。ざらりとした感触は目の下一センチほどまで続いている。下から上に向けて皮膚が逆立っていて、何かに擦ったような見た目だった。

「竜の鱗みたいだね」

「んあ、逆鱗のこと？　逆鱗って確か一枚じゃなかった？」

先生の頬には数ミリの皮膚片が大量密集していた。剝けて赤くなっているのはあまり面白くないけれど、気持ち悪いという感情は湧かなくて、どうしてだか嬉しいのだ。

「僕は最低なやつかもしれない」

「は？」

先生は急に間抜けな顔をした。まじめ腐った表情をさっきまでしていたから面白かった。笑えはしなかった。

電気がチカチカと点灯して、蛍光灯は白い光を燦々と先生の頭に降らせている。艶のある先生の頭に、いくつか木屑がついていた。手を伸ばして無心に取り除いていると先生はくすぐったそうに身を捩った。

「あんねぇ、みんなどっかしらは最低なんだよ。全て最高なんて、いないいないだろ」

あっけらかんとした声で、私も手を止めて頷いておいた。

先生は少し大きめの紙を数枚袋から取り出して、板に水とテープで貼り付けた。白いテープは初め本当にただの紙ペラだったのに、先生が刷毛で軽く水を塗っただけで粘着質のテープ素材に早変わりした。驚いている私に、「私は魔法使いだからね」と格好つけた先生は、冷めた目で見られたことでデンプンが、などと教えてくれた。原理はよくわからなかったから、そのまま先生を魔法使いにしておいてあげてもよかったなと後から思った。

曲を流して耳を澄ます。主題の模様を決める大事な作業だった。一音一音の大きさ、長さ、形を決める。多分、先生の得意なことなのだと思う。だけど二人で分担した。尖った音ではないけれど、長く伸びているわけでもない、シンコペーテッドクロックは軽やかに弾んですぐに流れていってしまう。捕まえるのに必死だった。

二時くらいに腹の虫が鳴って、先生は弁当を私にくれた。

「あんま、腹減ってねえの」

ジャージの袖には絵の具みたいなのがついていて、それで頬を無意識に擦った先生は痛そうに顔を歪めた。私がそれを見ているのに気がついて笑った。

「これ、やすりで擦っちゃったの。ペンキついてさ、間違ってやすりで拭き取っちゃった」

笑っている先生がどうしてだか怖かったから、涙はこぼれないけれど目頭は熱くなった。


次の日から私は殆ど教室に行かなくなった。毎日朝っぱらから中学部校舎の多目的室に忍び込む。先生も朝から多目的室に来るようになった。二人でシンコペーテッドクロックを延々聴きながら絵を描き、絵の具を乾かしている間には別の曲を流して、ただひたすら広がりゆく音の色に耳を澄まし目を凝らした。

「共感覚はとにかく慣れ！　いつかはね、メーターの上げ下げができるようになるんだよ」

先生は私に無理やり騒がしい音楽を聴かせた。荒々しい口調のわりには、私が眉を顰めれば手をそっと繋いでくれた。音楽はそうそう良くはならなかったが、先生の指を手に感じているとそれほど色の混ざり方が気持ち悪く思うこともなかった。

腕いっぱい広げた分の板に貼った紙に水をびしょびしょに塗りたくって、水分たっぷりの絵の具を量を調整しながら垂らす。筆先を置いた瞬間に放射状にふわりと色は広がる。甘やかな音が鼓膜を揺らす。長く、短く、跳ねて、置いて。染み渡る音たちを私たちは二人で並べては歌ってを繰り返した。主題の模様は砂糖菓子の波紋のようだった。

2

その日もまた早朝に家を出た。いつも通り朝方に帰宅した母はたった数時間の睡眠を貪るようにとっている。弁当を入れない荷物は非常に軽かった。

残暑も引き始めている。今年は非常に寒い冬になるそうだ。先生が言っていた。去年はわりと暖冬だったから。

冬は夏よりも凌ぎやすい。裸になっても暑いものは暑いが、冬は着込みさえすればいい。ボロキレのような麻布でも重ねれば重たく暖かいのだ。

先生はそうと決まると早い。今日も多目的室には先生が一番乗りで、キャンバスを机四つくっつけたその上に置いていた。主題の色がカラフルにのったそれからは柔らかいシンコペーテッドクロックが流れてくる。音が多目的室の壁に反響して色に戻る。光の反射実験のように跳ね返った色が粉のように空気を色づけていく。

「あ、少年来た来た。色作るぞー」

絵の完成度は半分弱ほどだ。主題を塗り終わったから今度は曲の色を塗る。一曲の全体のイメージを主題の色の上から水っぽく全面に一気に塗るのだ。曲という概念に色が見える共感覚者もいるらしいが、私と先生のどちらもそれは持ち合わせていなかったから、ここは単に感覚となる。

「その感覚が重要なんだよ。例えば『甘い』はピンク、『哀しい』は青、みたいにこの世には普遍的色の概念てのがあるからさ。その感覚に近いもん」

絵皿に沢山のオレンジ系統の絵の具を出してみる。この曲が大体オレンジというのは双方の同意の元だった。そこからいろいろ混ぜて一番しっくり来る色にしようと先生が言ったので、私はオレンジの絵の具をじっと見つめていた。

「何色を入れてこうか……まず青系にふるか赤系にふるかも問題だよね」

「青系？　赤系？」

「色味。色相環をどっちよりにするかって。ほら赤紫か青紫かの違いだよ」

「僕は赤派」

「ま、そうだよね」

先生はオレンジにパーマネントスカーレットを一、二滴混ぜる。色は大きくは変わらないけど、耳を澄ますと聴こえてくる音が少し低くなった。

明るい橙色だった。地中海沿岸の、健康的なオレンジの色だ。太陽をたっぷり吸い込んだような、潑剌(はつらつ)とした橙。かつ跳ね返るような艶やかさがあった。

絵皿いっぱい広げた絵の具をひと回り小さい別の絵皿に入れて水で溶いた。薄く伸ばすと絵皿の底が若干透けてオレンジジュースみたいにさらりと筆から落ちた。幅が五センチ以上はあろう刷毛に二人で絵の具をびしゃびしゃにつける。大きなキャンバスに右から、左から、オレンジ色を広げていく。ぶわりと広がる音の世界。ムラになって、垂れて、シミになって、でも気にしないで塗りつける。下地の色がオレンジに溶けて境界が滲んだ。鮮やかな色味が透けてガラスを重ねたように光があちこち反射する。朝焼けみたいな煌びやかな色味たちが、躍って、躍って、躍って。かき混ぜられたメロディは涙を溢して笑っている。あちこち好き勝手歌っている色を閉じ込めるみたいに朝日を流し込んだ。

画面はかなり湿っていた。紙がよれてしまっている。乾けば大丈夫と言った先生の手はオレンジに濡れていた。私の手もそうだった。

雨だれを聴いた。月光を見た。革命に血を流した。

私たちは暗い、埃っぽい、紙まみれの多目的室で、二人体温を分け合って静かに観客となった。

五時間目のチャイムが鳴って、片付けをして、ランドセルを背負った。中身なんてほぼ何も入っていないが形だけでも背負ってこいと先生が言ったので、中にクロッキー帳だけ入れている。

「少年、随分教室に行ってないみたいだけど、授業大丈夫なの」

「んん」

私はなんとも言えずに頬を掻く。先生が呆れたようなため息を吐くものだから私はムキになって先生を睨んだ。

「先生だって朝からこっち来てんじゃん」

「私は塾行ってってからいいんだよ。そこで先取り学習してんの」

「ジュク行ってんの？」

「うん」

胸を張られた。得意げな顔で見下ろしてくる。私は塾には行っていない。そもそも習い事はしていない。学校の授業だけで学習全てを修得しなければならないのだ。

「先生受験するのか」

「そうだよ、三年は受験生だから」

「そっか」

だからといって、授業に出なくていい訳にはならないのだが、それをはっきり言えるほど優等生ではないのだ。今更自分が所謂不登校児であることに気づいた。義務教育だから頑張ろうと言ったのは誰だったか。それに同意したのは私だった。

若干の罪悪感には苛まれるが、どうでもいいとも思ってしまう。教科書さえあれば、私だって勉強できるはずだ。きっと、どうにでもなる。子供だから、拘束されているんだ。大人になりたい。はやく大人になりたい。大人になって、お金を稼ぎたい。何の仕事に就くかはわからないけど、安定した仕事を持って、お金を稼ぎたい。

邪(よこしま)な考えだとはこれっぽっちも思わない。大人になりたいのだ。良くも悪くも自由な大人。家に帰るのも億劫だった。しかし放課後になれば中学部校舎から抜け出しにくくなるし、もう出なければならない。先生は六時間目には参加すると言ってさっさと私を放り出してしまった。小学部と中学部をつなぐ渡り廊下のところで、私はひっそりと先生の後ろ姿に手を振った。先生は気づかない。

家までの道をぼんやりと石を蹴りながら歩いた。日はまだ高いところにあって、私の頭を突いてくる。母は今日はもう帰っているだろうか。

レジ打ちの仕事だけど、たまに社員割みたいなのを使ってお惣菜を買ってくることがある。お惣菜は何か混ぜ物をしているからしょっぱくて日持ちもそこそこしてお腹にもたまる。贅沢な話だが美味しいものが食べたかった。

鍵を挿す。横の磨りガラスの窓から覗いてみると明かりがついているのが見て取れたので母はもう帰っているのだろう。

母は家にいた。洗面台の鏡で緩慢な動きで顔に化粧を施していた。脱衣所の入り口でそれを眺めていた。木の柱と柱の間に埋め込まれた小さな鏡と洗面器。薄緑の洗面器にちょろりと水が走る。鏡だけはぴかぴかだ。母が化粧をするときに良いからといつも綺麗に拭いているし、そもそも雑な扱いをしているわけではないのでそうそう曇らない。

母は青白い顔に濃い赤の紅を引いていた。鏡には母の顔と、その背後に回った私の顔が映っている。塗り付けると言えるほどの厚さもない唇は、私のものとまるで同じだった。薄い唇は血を巡らせたような深い赤色で、すうと通った鼻の、しかしどこか柔らかな流れも、薄氷のような顔立ちも私と母はそっくりだった。その自分に似た、ただ窪みの激しい顔がだんだんと飾られていくのを見ているのはなんとも苦々しかった。無表情で鏡に映る自分の顔を少し触ってみる。振り返った母がやつれた頬を痙攣らせて口を開いた。

「お帰り」

小さな声だったが静かな家だから空気は振動を正しく伝えてくれる。

返事をしようと頷いたときだった。ぴんぽーん、と間抜けな音が鳴った。

聴き慣れないそれに二人して振り返る。滅多に客の来ない我が家に来客のようだった。そう言った場合大抵は、父であることを私は知っていた。最後に見たのは夏前であった。そのときは何をしに来たのかわからないほどあっさりと出て行ったが、それを知らない母のただでさえ青い顔がこれ以上はないほどに白くなっていた。やけに赤黒い血の色の唇が浮いている。私は母を仰ぎ見た。今更ただいまなどとは言えず、かと言って電気が点いているのは外から見ても明らかで、どうすればいいかわからなかった。

しかし母はぐっと眉を吊り上げ気丈な顔を作ると両手で両頰を挟み深呼吸をした。黒いビジュー付きのワンピースが翻る。ランドセルが置き去りにされたリビングを出て、玄関へ向かう母を私は追いかけた。ふと脳裏に祖母の声がよぎるのだ。母は般若の顔だった。

玄関に立てかけてあったほうきを手に取り、母はその柄をドアに向け迎撃態勢をとる。蝶番の近くにスタンバイしたのを確認し、私はそっとドアの鍵を開けた。

母は反射的にほうきを勢いを込め前に突き出した。しかしそれはかつんとドアに当たっただけだった。普段ならば鍵の開く音がすれば構わずドアを開けて父は入ってくるが、今日は入ってこない。父ではないのか？

母は不審そうに、ほうきを普通の持ち方に直す。母の目配せで私は慎重にドアを開けた。

そこにいたのは父だった。

しかしいつも着ているぼろぼろで汚い服ではなかった。彼は今、黒の光沢が美しい高級そうなスーツを身に纏っていた。しわひとつなく伸ばされたジャケットと、彼の長身が映える細身のパンツは、ただ玄関先を異界のように見せた。

母も私も何も言えなかった。髪すらもワックスで固めた父は一瞬全くの見ず知らずの人間に思えた。へらへらと戯けた顔を見せるでもなく、神妙な表情がそこにあった。

「パパ？」

存外か細い声が出た。礼儀正しくすることがなんなのか私にはわからなかったが、なにか改まった話をするのだろうという予感はあった。それが私の一番恐れていることかもしれないと恐怖に慄（おのの）いた。唇からぽろりと溢れた彼の名は虚空に落ちた。

父は身動ぎひとつせずじっと私と母を見つめて、束の間瞼を閉じるとふっと口を開けた。

「仕事に、就くことにしたんだ」

一陣、風が頬を焼き付ける。隣の母を見上げた。目は見開かれ、深い黒がゆらゆらと揺れていた。白い顔。

「うそ、嘘言わないでよ」

「マダムサリースミス……この間知り合った女性が、アメリカの雑貨デザイン企業の社長だったんだ。日本企業とのコラボをきっかけに日本文化を取り入れたデザインの研究をしようとこちらに来ていたときに俺の個展を見てくださって、気に入ってくれたんだ。今回ズルみたいだけど、推薦をいただいて、コラボ先だった宝井堂のデザイナーとして就職することになった」

「うそ、……だって」

母は狼狽えただ所在なさげに視線を彷徨わせ、黒いワンピースの裾を摑んだ。しわがよる。

「うそ、うそ」

「本当だよ、本当のことだよ」

父はなおたたきに踏み入ることすらしなかった。開いたままだと虫が入るなと思った。父は日の落ちかけのひんやりとした空気を切るように頭を下げた。

「今まで、悪かった。お前たちに迷惑をかけた」

この家で生きていきたいんだと父は小さく言った。

母は裸足のまま土間にふわりと降り立った。黒いシフォンが風に膨らむ。からんとほうきがたたきを鳴らす。母は父の肩を下から押し上げた。父は顔を上げる。

右手を振りかぶった母は父の左頬を張り飛ばした。ぱちーんという小気味よい音がした。そのあと母は摑みかかる勢いで父に飛びついた。彼のスーツに構わずしわを刻み、背にまわした手でしわくちゃにして無我夢中で抱きついた。

「ばか！　ばあぁか‼」

ずっと洟を啜った。

父は薄らと赤みを帯びた頰をほんの少しだけ緩ませて母を抱きしめ返した。私も堪らずその足に抱きついた。スーツは爽やかなジャスミンの香りだった。

母は化粧も服もそのままに夕飯の準備に取り掛かった。一度スーパーに買い出しに行った彼女を見送り、私はリビングで父の膝に寝転ぶ。父は私の髪をもてあそんだ。

「ぱさぱさだ」

「別に髪くらいいいじゃん」

「ママに似てもとは綺麗なんだから整えればいいのに」

「僕って逆にどこがパパに似てるの」

父はにっと笑った。

「芸術肌なとこだ！」

歯が白い。

父はスマホの写真フォルダを見せてくれた。中にはいろいろな作品の写真が入っている。中にはあのアトリエに置いてある三色の絵もあった。

「仕事に就くにあたってだな、ポートフォリオ的なのなんだけど、こんな作品作ったんだよーってアピールすんだ」

「へえ」

スマホには私の見たことのない作品も入っていた。色鮮やかな、ノスタルジックな、ポップな、さまざまな絵。私はそのひとつひとつをゆっくり眺めた。

「学校では今なにやってるの」

「んー……自由展覧会に絵を出すんだ」

「勉強はどう？　ついてけてんのか」

馬鹿正直に答えることもないのに、つい黙り込んでしまった。父は私の伸びた前髪を一房掬ってあかりに照らしている。きちんと洗ったわけではないそれはべたついて脂ぎっていた。

「授業に出てないの？」

「うん」

「学校は行ってる？」

「うん」

「どうして？」

いつもの父の、優しい音色だ。ふんわりと心臓あたりを包み込むような羽毛のような声だ。父の掌に頭を押し付けた。

「なんか、気持ち悪いから」

父はそれを私のあの色彩感覚のことだとすぐに勘付いたようだった。深い色をした瞳が電気を背にして私を見下ろす。奥に見える瞳孔に、反射光が宿っていた。

「でもさ、さっき、俺の絵、なんともなく見てたじゃん。たっくさんの絵が並んでるのに、お前、楽しそうだったよ」

言われて初めて気がついた。確かにいつもならあんなに色が一気に視界に入ってきたら全てが音に変換されてきっと見ていることもままならなかっただろう。それなのにさっきはどうか。その上家にあるあの絵まで見つけて、ああ格段にいいなどと考えていた。どうしてだろう。違和感は全くなかった。今注視してみればこの家の中もまた再び音で溢れかえる。しかし考えてみれば、変なことだったのだ。単色や、人の服の色にだけ過剰に反応して、自然風景や机、鉛筆の色に何か音を強く感じたことはなかった。今見てみるとそれぞれにはちゃんと固有の音がある。だがまたふと意識をすると、父の黒いスーツさえ、なんの音も持ち合わせていないのだ。

そもそも、無意識に調節を行えているものがあったということだ。人の声にだって音階はあるはずなのに、父や母、先生との会話を厭わしく思ったことはこれっぽっちもない。それが本来の、普通であるべきということだったのだ。

そう思うと、世界から一気に色と音が消えた。静かで、透明な世界を、私はただ美しく思えた。

「僕、明日は教室行こうかな」

「お、そうしとけ。学校生活なんてあっという間だぞ。楽しめるうちに楽しまないと」

父は笑った。私も笑った。

夕飯はハンバーグだった。父と母は和風おろしで、私はケチャップとソースを贅沢にも二重がけして食べた。美味しかった。出来立ては温かかった。

父が一着だけ買ってきていた真新しい服を着て、母の作った小さな弁当を持って私は靴を履いた。母は二度寝に入ったらしい。昨日の今日で体がついていかなかったのだろうか、なんだか怠いから今日はスーパーを休むと言って気怠そうに布団に後戻りしていた。父は照れ臭そうに笑って、一人で私の見送りに来てくれた。

「まあ、気分が悪くなったら無理はするなよ。転校だってできるんだから」

胸を張って言われて少し嬉しかったが、転校をするのは嫌だなとそれだけは明確に思った。

最近毎日とにかく早く登校していたので普通の時間帯というのもなんだか違和感があった。秋風にさらつく柔らかな素材の白シャツがなんだか擽ったかった。金木犀はもう香り始めている。あの星屑のような花はいつ地上に流れ落ちるのか。長く続いてほしいなあ。いい香りがするんだ。心が落ち着く香りだ。

今日は一段と涼しい日だった。教室棟も蒸し暑さは鳴りを潜めて悠然と風にさらされている。教室に堂々と入って行った私を振り返り見た児童たちは嫌な顔をすることも忘れてただぽかんとしていた。なぜかはわからないもののその表情ひとつひとつが面白くて、私は少し頬を緩ませながら席についた。暫く来ていなかったからか今日もまた来ないと思われていたのであろう、机に悪戯などはされていなかった。全く、爽やかな朝である。朝学活をしに教室に来た担任の、私と目があった時の顔もなかなかに滑稽だった。

一時間目は音楽だった。通常なら音楽の授業は殆ど出ない。なにを学ぶにも結局曲を流し始めるものだから辛抱ならなかったのだ。参加しようという意思はあったのだが気分が悪くなればどうしようもなくいつも途中で教室を抜け出ていた。

真新しいシャツを落ち着かずに少し弄りながら、久しく使われていなかった音楽の教科書を持って音楽室に移動する。三階まで上がると赤塗りのドアは三年生への配慮か、開け放たれていた。音楽室に来るのも久しぶりだ。最近は専ら彼女との逢引は多目的室だったから。

あの時はよく小学部校舎に忍び込むなどと思っていたのに、今では自分が中学部の方に行っているなんて変な話だ。彼女と出会った音楽室というのを少しばかりだが懐かしく感じた。

音楽室の席順は教室の席順と同じようだった。席を間違えないよう二回確認してから座る。

「じゃあ授業始めます。起立、礼」

間延びしたよろしくお願いしますの声でお辞儀をし、椅子にまた座り直す。音楽教師は出席簿に勢い余って欠席でもつけたのか、私を見て慌ててペンを走らせていた。

「じゃあ今日は文化祭の開会式で歌う曲の練習をします。まあ毎年のことなんで知ってるとは思うけど、文化祭では開会式と閉会式があって、それぞれ歌を歌いますね。毎年変わるから毎年練習ってのも大変だけど、短い曲だからぱぱっと覚えちゃいましょう」

配られた楽譜は一ページしかない本当に短いものだった。その間に音楽教師は大きなスピーカーにCDの準備をしている。流れ出した曲は明るくポップな、小学生向けの歌だった。これを中学生も歌わされるのかと考えたら面白くて仕方がない。易しい歌詞をまずは朗読し頭に入れ、教師のピアノに合わせて声を出す。シャープが二つついた楽譜は赤っぽくて可愛らしい。装飾音が混じっていると難易度は上がったが、上手く発声できた。

そもそも歌うなんてどれくらいぶりだろう。よく口遊(くちずさ)んでいたのはあのちょっぴりおかしな十二色相環モールくらいで、それ以外はちゃんと曲を覚えて歌ったことがないかもしれない。幼稚園なんかは歌ばかり歌っていて辛かった思い出がある。

喉の奥を開き、肩幅の足の両爪先に体重をかけ、頭から引き上げられるように。丁度壁に貼ってある合唱団のポスターにはそんなことが書いてあった。その通りにしてみるとなるほど、心地が良かった。

ピアノ伴奏に合わせて歌い出す。いい滑り出し。

私は意識して「注視」した。青に近い透明な空気が今、透き通る清流のような澄んだ冷たい水に還る。ピアノの蓋の下から、クラスメイトの周りから、自分の唇から音が溢れるたび、それらは宙に集まって天井付近で小さな超新星となりぱっと花火のように広がる。決してどぎつい色ではない、しかしはっきりと色のあるそれらは、水の流れの中で不思議に混ざり合い、白に近づく。そしてまた最後には水に還る。教室全体が藤色がかった。甘やかな香りをいっぱいに放って、色はくるくると空中を踊る。花の妖精たちが、自由気ままに踊るように、その百花繚乱の舞は水流に遊んだ。流れ散った色たちがすうと消えていく。しかしまた音が生まれる。

ああ、なんて綺麗なんだろう。色が、混ざっていくのに、それはだんだんと純白に近づくのだ。星屑をひとつひとつ落としていくように、金平糖(こんぺいとう)が溶けていくみたいに、軽やかでなんて美しいんだろう。色はこんなにも、純粋なものだったのか。

歌は最後に透明になって終わった。

教師の指示で一度席に座る。隣の席の女子と目があった。隣の少女は今日は赤いセーターを着ていた。まだ暑そうだ。茶色の短パンを穿いているが、金色のボタンで飾られたそれはどことなく上品である。日に焼けたまろい頰をこちらに向けて、目をちょっぴり見開いていた。

「今日は、授業出てるんだね」

なんの含みもない声音だったから、私は素直に頷いた。

「うん。なんか、体調がいいから」

「そうなんだ」

一個前の席替えで隣だった赤い女の子とは、また違った赤色で、少女ははにかみ微笑んだ。クラスの中でも大人っぽく、穏やかな子だと最近認識した。小さな目に生える睫毛はやはり長い。

よく考えれば席替えの多いクラスだが、この少女の隣は他よりは居心地が良かった。

「びっくりした」

「うん？」

「歌、うまいんだね」

クラスメイトがそれぞれ好きに喋っている喧騒の中で、彼女はそっと呟いた。びっくりしたのは私の方かもしれない。

机に置いてある彼女の教科書の名前のところを見た。「松おり子」と書いてある。まつおさん。

「まつおさんも、声、綺麗だよね」

「えッ」

まつおさんはまた目を見開いた。小さくまん丸の目が目一杯開かれる様は子犬のようで愛らしかった。ぱしぱしと長い睫毛を数度合わせて、まつおさんは逡巡し、ぽりと頬をかいた。

「うん、ありがと」

それっきり会話という会話はしなかった。別にそれが普通で今のがイレギュラーだったから私は気にしなかった。そういえば会話というわけではないが、この間消しゴムを拾った時も彼女の声を聞いた気がする。筆箱をチラリと見るとあのときの丸い消しゴムは筆箱の端っこにちょこんと存在していた。

午前中の授業が終わってようやく私は中学部東棟に赴いた。弁当含め荷物を全て持ってきた私は昼休みの混沌の中を紛れ、中学生という巨人の巣窟を泳ぐように渡った。教師もちらほらいたが、混雑している廊下の中で視線を下に向けない限りは目が合うこともない。訝しげにこちらを見てくる中学生に隠れながら案外あっさりと多目的室についた。

ドア窓から覗くと先生は足を組んでむっすりしていた。ドアを開けてそろそろと入ると思い切り顔を顰めたがその後に驚いたような顔をしていた。

「せんせい、朝からいた？」

申し訳ないなと思いながらちょいと首を傾げると、先生はただ首肯するだけだった。

「少年さ、……いや、授業出たの？」

「うん。パパがね、出れるんじゃないって」

「へえ、お父さん、帰ってたの」

私は勢いよく頷いた。父が手に職持って帰ってきたことを嬉々として話した。新しい服も、これ一着だが買ってもらったことを言った。先生はまた笑ってきいてくれた。よかったじゃん、と彼女は言った。

曲の色まで塗り終わった橙色の画面に、今日はウッドブロックの音色を入れる作業をした。あの軽くて丸い音は薄黄色の固めの絵の具で画面に載せることにしていたから、絵の具の色を整えた後に少し放置してから刷毛に色を載せた。ガサガサにかすれたパステルレモンが紙の左半分を覆った。

父は明日からもう出勤で、今日は祝いに外食をする予定だったから、いつも通り放課後残るとはしなかった。お金はやはりまだそれほどあるわけではないので安いファミレスで済ますのだが、私にとっては豪勢で豪華で贅沢な食事だった。父が働けばそれが贅沢でなくなるということは全く想像つかなかったが。

「お待たせしました、タラコスパゲティです。以上でご注文の品はお揃いでしょうか」

ごゆっくり、と伝票が置かれる。私は両手を合わせてからフォークを手に取った。プチプチ弾むタラコがほのかに甘く美味しい。味は濃い。贅沢の極みだ。

父は私の向かいに、母は私の隣に座りボックス席で食べている。少し早い時間帯だから人はまばらで、夕日の差し込む隅のボックスで、私たちは一つの家族だった。

「そういえば、よく色と音、克服したなぁ。何かあったの」

父はステーキをナイフで切り分ける。赤みがかったビーフはソースがかかって美味しそうだった。歯に残ったタラコをぷちっと潰しながら私は頷く。

「うん、なんかね、共感覚って言うんだって。色とか、音とか、そういう感覚のこと。それで、同じ共感覚の人が中学部にいて……檸檬先生っていうんだけど……檸檬先生がね、いろいろなこと教えてくれるんだ」

「へえ、いい人だな。そりゃ、先生だな」

父はまたステーキを大きく切って、それを私の皿に入れてくれた。それを息を吹きかけてから口に含んだ。噛み締めると溢れ出てくる肉汁がぢゅっと歯と歯の間に染み込んで、肉の濃厚な風味が上顎を擽る。柔らかな肉だった。

「これからもっとたくさん友達作れよ。そんでパパに紹介してくれ」

うんと言った。でも、先生は友達じゃあないよ。先生は先生だよ。でも、先生ってなんだろう。

ステーキの味がまだ口に残る中にマヨネーズソースのスパゲティを詰め込む。美味しいけれど、やっぱり母の料理が一番だった。

3

昼にまた多目的室にいく。午前の授業は約一週間の空白があったにもかかわらずわりとついていけていたから御の字だ。最近勉強がめっきりできるようになった。まだまだ成績優秀というわけではないが、教師からカンニングを疑われることはなくなった。

先生はおそらく私が午前の授業に出ることを見越してか、ちゃんと授業を受けてきたようだった。汚れの目立つ制服のワイシャツで豪快に頰の汗を拭いながら多目的室に入ってきた。ちらちら腹が見えている。私は目を細めた。

「先生は、恥じらいというものを知らない」

「なんだよ」

「親しき仲にも礼儀ありというものだ」

「お前ナマイキ」

先生はいーっと歯を剝いた。真っ白な歯だった。笑った。

先生は大きなパネルを取り出す。多目的室に置いておくのは危険な気がすると毎回自分で持って帰っているようで、一度重くないのかとたずねたらお抱え運転手が云々などと宣っていた。ふざけるなって感じだ。これがカクサシャカイか。

「もうあとちょっとだ。今日で終わるかも」

「はやいなあ。もっとかかると思ってた」

「絵にしてはわりと小さいサイズに、しかも二人で描いてるからね。こんなもんよ」

最後の作業は、レガートの部分の表現だ。滑らかに、少し落ち着くシーンがこの曲にはある。あとは色を決めて、形状を気にしつつ右半分に塗り付けるのだ。

　その色を決めるのに先生と大きく意見が割れた。先生は明度下げめのオレンジだと言って、私は鮮やかな青だと言った。紫がかった青だけど、明度は目一杯上げる。私は一歩も引かなかったので最終的に先生が折れた。芸術は対話、と彼女は言った。それからちょっぴり争い、と付け加えていた。

「で、どんな色なの」

「僕作ってみる」

「いいけど、量考えろよ。途中で色作り直しになっても、もう同じ色は作れないかんな」

「うん」

　それは何度も注意されていたことだけれど、それが素敵だと私は思った。この間国語の時間できいた一期一会という単語を思い出した。一瞬一瞬が運命の瞬間なんだ。おちおち寝過ごしてはいられない。

　絵皿に絵の具を出す。思い切って出す。もうすっかり耳に染み付いたレガート部分を何度も脳内再生する。流れるようなストリングス、上がり下がり、クレッシェンド、そしてまた主題に繋がる。

スカイブルー、そしてバイオレット。深い青色も混ぜれば海鳴りがした。混ざりきらないところで白を少しだけ付け足し、大量の水で溶く。しとどに濡れた筆先を浸せばすっとマーブルのあやめを吸い込み、しなやかにたおやかに、しかしどこか天真爛漫に。

先生は渡されたその筆を躊躇いもなくびしゃりと画面に置いた。上方で筆を何度も行き来させ、画面を立ち上げる。あやめの朝露は橙の朝焼けの上を滑り落ちた。

薄く広がる、透明な世界。ガラス細工のあやめ。シンコペーテッドクロック。

「あとは乾かすだけだな」

先生は水分を多分に含んだパネルを空いている机四つ分使って丁寧に水平に置いた。これが乾いたらとうとう絵が完成する。ちらりと見た絵画からは飛び出すように時計の音がした。

さて今日もまた何か曲でも聴いたりするのかと先生の動作を見ていると、先生はトートバッグの中から何か紙を一枚取り出した。Ａ４サイズのコピー用紙だ。枠がいくつかある。首を傾げる私の目の前に、先生はそれをちらつかせる。

「じゃーん、応募用紙でーす」

「応募用紙！」

先生は更に筆箱を取り出す。鉛筆は綺麗な円錐の芯を持っていた。

「これにいろいろ記入して、美術教師に提出すれば！　無事！　出品完了というわけですわ！」

「なるほど！」

「じゃあ早速少年は名前書いて」

渡された用紙の一番上は学年クラス番号名前だ。共同制作が認められているため何枠かあるその一番上に付箋が貼られていた。先生は多分この付箋の下に自分の名前を書いたのだろう。律儀だなあ。

私は書きやすい尖った鉛筆で自分の名前を書き、それから先生がくれた付箋を上に倣って貼った。

他の枠には作品名や制作意図、キャプションボード記載内容などがあった。

「作品名はシンコペーテッドクロックでいいよね。制作意図、は……共感覚の表現とかでいいのかな」

先生は各項目にするすると記入していく。ふとその手が止まったのは作品発表会プレゼンテーション希望調査のところだった。

「それ、なに？」

「うん、あのね、作品を展示するだろ、それで人に見られて終わりってことにもできるんだが小体育館で作品についてプレゼンができんだよ。私の作品はこんな感じです、ってアピールができんの。マイク使ってさ。毎年結構な人がプレゼンを見にくるわりと文化祭の隠れ人気イベントみたいな感じになってる」

私は応募用紙を見つめた。そして絵画を見る。この絵は、他の人にはどう見えるのだろう。僕はなにを言いたいのだろう。

「プレゼン、参加したいな」

「そう言うと思った」

先生は不敵な笑みで勢いよく鉛筆を走らせた。参加にマルがついた。

応募用紙のことはよくわからないからあとは先生に任せた。先生はすらすらまた書き込んでいく。キャプションボード記載内容のところには一言、「私たちの世界」と書いていた。

「キャプションボードって?」

「美術館行ったことある?」

「あるけど、覚えてないよ」

「まあ美術館とかの作品の下には、作者とか制作年とか、作品の解説とかついてんのな。そうゆうやつ」

「かっこいい」

「そうなのだ」

私はうきうきとその応募用紙を眺めた。先生の字はやや右上がりで角ばった、癖のある字だった。でも綺麗な字だった。私の字は丸っこいので全然違うと眺めていれば先生は鉛筆の先っちょをこつりと机に当てた。

「アイデンティティってやつだ」

「あい、あいで?　てぃ……」

「アイデンティティ。個人差、キャラクター。特徴。そんな感じ。全員おんなじだったらそんなんロボットだろ」

ま、人間らしさってことだよねと自嘲した。私は笑った。笑みを浮かべた。微笑んだ。先生は私の頭をぐしゃりと撫でる。左頬はまだすこし瘡蓋(かさぶた)のようにかさついていて、生クリームを撫でつけたような白い頬はまだ醜い瘡蓋のしたに隠れてしまっている。痒いのか、たまに手を持っていきかけては下ろしていた。

絵画が完成してからは多目的室ではなく、放課後に小学部の音楽室に集まっていた。日の沈むのがはやくなりつつある放課後で、ブラスバンド部の活動がない日にだけ忍び込んでそこで勉強をする。最近では授業に遅れをとることもなく、先生は横に座って足を振り回すだけで私が一人で黙々と宿題のドリルをやることがほとんどだった。先生は暇なのかつまらなそうに唇を突き出し私の手元を見ている。時たまミスを指摘はするが、指摘されれば解説を聞かずとも自分で直すことができた。お陰で授業の小テストはかなりの確率で満点である。それを告げると先生はへんな顔をしていた。どういう顔だかよくわからなかったからもうちょっと喜んでくれてもいいじゃんと拗ねた振りをするとようやく先生は棒読みで「イエーヤッタア」などとほざくのだ。酷いものである。私は頬を膨らます。

まつおさんはあれから度々話しかけてくるようになった。とはいえ、必要以上は会話しない。私が同級生との会話というものに慣れていないためだった。まつおさんと仲のいいというかんざきさんや……ひがしさんは疎ましそうにまた私を見るけれど、まつおさんが軽く話を振ると渋々会話に混ざってきて、それからはたまに初めから会話の中にいることがあった。

「優しいねぇ」

とまつおさんは言った。なんのことかわからなかったが私のことを言っているようだった。驚いてどこが、と反射的に呟くと、「そういうところも、」と笑った。

まつおさんはクラスの人気者だった。マドンナみたいな子だった。まつおさんが私に話しかけることにクラスメイトは良い顔はしなかったが、暫く嫌がらせは減った。会話中にちらちらこちらをうかがっているのは別に嫌がらせではないから。過干渉がなくなると、まつおさんとかんざきさんとひがしさんと、それ以外私は本当にひとりぼっちな気がした。だから会える日は毎日のように先生に会いに行った。先生と話をしたかったのだ。

しかし先生は私がまつおさんの話をするのを顔を顰めて聞く。生理的に合わないわ、と最初の一言でそう言った。まつおさんはいい子なのにと頭にきた私に先生は言う。

「その子、お前に気があるんじゃないの」

「気がある？　まさか。今まで気にもしてなかったろうに」

「子供ってのは単純なんだよ。すぐ心変わりする」

すげなく一蹴したが先生は不機嫌だった。面白いおもちゃを取られてしまった子供のようだと考えてから、自分は玩具だったのかと愕然とした。先生は未だに拗ねている。傍迷惑な先生だ。

「ありえないよ」

「そうだな、ありえない」

先生の笑い声は妙に教室に響く。

からりと乾いた秋の風。

4

文化祭の朝になった。目覚ましの音で起き、早朝、六時、上へ伸び。アトリエの中で寝ていた私は出勤前の父に雨戸を開けてもらって朝の青い空気を吸い込む。

父はそのあとすぐに家を出る。文化祭は二日間で金曜、土曜と行われる。保護者の参観は土曜のみだ。父の勤める宝井堂は家から電車を使用して三十分ほどのところにある。父は早めに出勤するのが好きなようで、仕事はまだ軌道に乗っていないが同僚との関係は非常に良好だと聞いた。一歩早く春に入社していた新卒のなみえという青年が可愛くて仕方がないと褒めまくっている。後輩から褒められる先輩とは。とにかくイレギュラーな父は存在感がかなり濃いのだ。歳上だからといって気兼ねするなと言い放った父は既に皆に慕われていそうだ。

私はアトリエ内で父を見送り、窓から顔を出す。青白い空に白い雲が薄く糸を紡いでいる。前庭をそこから見下ろすと、ポストの確認をしていた母と目が合った。

「朝ごはんできてるからね」

「うん」

窓を閉めて服を着替える。今日、明日と大事なプレゼンテーションがある。先生は発表は全て私に任せると言ったから一人で必死に原稿を作り練習をした。父が古着屋で買ってくれた綺麗な服を着て、シャツのボタンをとじた。

朝ごはんは未だ出たり出なかったりしている。どうにも腹が減らないことが多く、私も母も食べられなかったりするからだ。父もその点はとやかくは言わない。生活は少しずつ、というのが専ら母の口癖になっていた。今日もまた食べやすいようにと少しだけ塩を多く振った小さな握り飯を一口食む。

母もまた私の正面で小さなおにぎりを食べながら、私の手首をつかんだりなどしていた。

「今日、大丈夫なの？　行事とか、いつも体調崩すでしょ」

最近寝てばかりいる母にはそれを言われたくはなかった。

「大丈夫、僕は。ママの方がちゃんと体調を整えるべきだよ。仕事もないんだし、ちゃんと寝て食べないと、健康にならないって、お医者さんに言われたんでしょ」

「そうだけど、なかなか口に入らないし、習慣じみたものだから、生活は少しずつ変えないと」

それからまた一口口に含む。しょっぱい。

母はひたすら私の心配ばかりしていたが、冷たい空気をいっぱい吸った私は冴えた目をしていて、きっと大丈夫だろうと予感めいたものを感じていた。

今日だけは手提げ袋での登校が可能で、特に詰め込むものもなく軽く肩に載せてやや揺らしながら通学路を歩いた。

開会式を大体育館で行う。全員合唱のところはもちろん丁寧に歌った。ふっと宙を見ると淡く空気が色を成すのがおもしろい。それが白く輝くのが言うまでもなく美しかった。

まつおさんは開会式の途中で一度私に話しかけてきた。

「ね、クラス発表出ないけど、今日一日どうしてるの」

「うん、クラス劇見たら、それからちょっと知り合いと回る。そのあと自由展覧会のプレゼンがあるから」

「プレゼン？」

「うん」

「それ、何時から？」

「プレゼン自体は十一時からだけど僕の出番は十二時十分の予定だよ」

「そうなの」

まつおさんとの会話は毎回弾まない。しかし萎むわけでもない。そもそもが穏やかな彼女はのんびりと話すことを好み、代わりにかんざきさんやひがしさんが話すことの方が多かった。聞き上手なのがまつおさんだった。まつおさんは指を軽くいじった後に少し頭を傾けてはにかむように笑った。

「じゃ、じゃあ、見に行くね」

「いいの？　別に他の売店とかまわってていいよ」

「いいのいいの。友達も連れてくね」

「ありがとう」

まつおさんはまた微笑んだ。彼女は私のことを優しいと言ったけれど、優しいのはまつおさんの方だった。ひとりぼっちの私を哀れんでいるのだから。私は重ねてありがとうと言う。

まつおさんはもごもご唇を動かした後に先にひがしさんにくっついて教室に戻って行った。

開会式が終了すればその場から自由行動の開始となる。私のクラスは私以外は皆午前中に二公演、午後一公演を控えている。八時半からの一公演目は見に行くつもりだった。

体育館で生徒の波が止まるのを待っていると後ろから腕を掴まれた。斜め上に引き上げられた腕の先には白い指があって、辿れば檸檬先生が立っていた。

「しょーうねん。こっち」

「先生」

先生は出口に流れる生徒の波から私を引っ張り出した。

「さて、回ろうか。売店はすぐに開店するし、どうする？」

「八時半からのうちのクラス劇は見ようと思う」

「えなんで」

「なんでって」

私は困って頭をかいた。まつおさんが出るらしいから見に行こうと思ったのだが、それを言うと先生はまた拗ねてごねて面倒なことになるのだろう。それは目に見えている。私はなんとなく、みんな頑張ってたから、気になったと誤魔化した。

「まあ、みんなが失敗してんの見んのはスカッとするよね」

爽やかな表情でそんなことを言うのだから思わずスネを蹴飛ばした。

「いいぃッてぇ！」

「先生さいてー」

「今のは少年のがさいてーだ！　か弱い女の子の足蹴るなんてさあ！」

わざと声を高くして言うのが小賢しく思える。私は素っ気無く言葉を重ねる。

「女の子とか男の子とか、カンケーないじゃん、そうゆうの引き合いに出すのはなんだか馬鹿みたい」

「わあお、かっこいいね」

先生は戯けた。私はほっておいてやや空いた体育館の出口へ歩き出した。先生は難なくついてくる。

売店をやるのは中学部校舎だからとりあえずそちらに足を向けた。全員に配られたパンフレットには各クラスの発表内容と地図が載っているけれど、地図を読むのは苦手だ。行き当たりばったりの方がまたそれらしい。

先生と私は人混みの中で自然手を繋いだ。先生は今日はジャージや体操着を重ね着することなくきっちりと制服を着ている。珍しかった。

「ねえ何飲む何食べる？」

先生は私の腕に腕を絡めてご機嫌だ。私は頭一つ分以上背の高い先生に腕を吊り上げられてなかなかに歩きづらかった。ややつま先立ちをしながら歩くのは見る者にとても滑稽にうつっただろう。

目に入る店の広告はどれもキラキラしていた。画用紙を切って貼ったり、ポスターカラーで塗ったり、時にはデジタルソフトかなんかで作成したポスターもあった。生徒たちが何ヵ月もかけて作り上げた珠玉の作品なのだろう。客寄せのための少女たちが木の板を掲げて練り歩く様はまさにお祭りだった。

私はぎゅっと先生の手を握った。すると先生は私の手を持ち合わせている限りの握力で握り返してくるので私は頬を緩めた。

心臓なんか暴走を始めている。頬が紅潮して、指先まで痺れるみたいにじんじんして、頭だけはひんやりと冴え渡っていて、私はきょろきょろ忙しなく顔を回した。

目に入った店は「喫茶ＳＵＮ　ａｇｅ」という軽食の店だった。

「あれ」

「あー、Ａ組の喫茶店ね」

「あれ、なんて読むの」

「なんでしょう」

「すん。あげ。喫茶素揚げ」

「ぶっは」

先生は堪らないと大笑いした。周りの生徒はなんだなんだと先生を振り返りそれから疎ましそうな顔をする。

「素揚げ！　喫茶素揚げ！　入りたくねー！」

「ちょっと先生」

遠慮がないのは美点ではない。私は先生の腕を引いた。先生はまだ腹を抱えている。沸点が低いなあ。笑いの沸点が。ツボが浅いんだな。浅い？　うん。そのわりには案外短気でもないから、低いのは笑いの沸点だけだ。それってちょっと格好悪い。

「あれはねぇ少年、さんえいって読むんだよ」

「さんえい？　読む？　三Aだからってこと？　でもGの発音はしないの」

「まあカタカナで言うならサン・エイジなんだろうけどさ、そこは汲み取ってやろうよ」

「サン・エイジってどういう意味？」

「正しく言うならエイジオブサンなのかな。四十六億年？」

「すごいねぇ」

「すごかねえや」

先生はさっさと並ぼうとずかずか喫茶店に入っていく。受付の少女が顔を引きつらせて笑みを象っていた。

「こ、こ、え、喫茶SUN　ageへようこそ！　あ、あの、まずこの、あ、こちらの列に並んでいただいて、えと、注文をしていただきますと、そ、その場でお作り申し上げますぅ」

少女は噛みまくっていた。見ているこちらが震えるほどかわいそうなくらいに緊張しているようだ。私の方ばかりに視線をやるのもなんだかいただけない。

「お、お席の方はお飲み物、お料理ができあがります、したら、係員が、ふぁ、ご案内します、その際お食事も、お食事の方も係員が運ばせていただきます」

早口に言い募った少女は漸く息をついた。目があったから微笑みを浮かべた。少女はあからさまにほっとしていた。先生は少女に冷笑と一瞥をくれると何人か並んでいる注文の列の最後尾についた。

「はっは、あほうみたいだったね」

「先生さいてー」

「なんだよ。事実じゃん」

「あほうみたいって、ただの先生の考えじゃん。全員がそう考えるわけじゃないし」

「おお、かっけえなあ。それ、主観的考えって言うんだよ」

先生はエプロンを着た少年にあんこバターコッペ一つを頼んだ。私はオレンジジュースを追加した。

エプロンを着た生徒たちはコッペパンを開き中にジャムかなんかを入れるのを流れ作業で行っている。取り落としたりなんだりしているのを隣の生徒が怒鳴りつけたりなどしておりあまりいい雰囲気ではないようだった。

案内されて席につくと先生はコッペパンにかじりついた。あんこが横からにゅっとはみ出す。それを舐めとった先生は咀嚼(そしゃく)をしながら口を開いた。

「感じわりぃなあこの喫茶店。客が入んね～かもな～」

「それも主観的考え？」

「違うね、見たろ、接客も上手くないし店員同士仲悪いし、そしたら客は接客の上手い雰囲気のいい方が嬉しいからそっちに流れるだろ」

「なるほどね」

「まあ最後の年の初日だし緊張してるんだよなー。ばっかみてぇ」

「それは主観的考えだ」

「お」

私はストローを噛んだ。無機質なプラスチックの特有の苦味がほんのり香る。オレンジジュースは味が薄く、妙に甘い。百パーセントではなかったのだろう。氷も溶け込み薄まったジュースはなお赤々としていた。

喫茶ＳＵＮ　ａｇｅはそうそうに引き上げた。なんと言っても薄暗い店内に、残っている必要性を感じられなかった。返却棚にプラスチックカップを置き、また手を繋いで教室を出る。

小中一貫というのもあって、校舎は実のところかなり広い。しかし三Ａの教室は中学部の校舎の中では一番小学部よりだったから移動に困ることはなかった。渡り廊下を通り小学部棟に行き、教室棟を歩く。二階にある私の教室は、金曜日ということもあって保護者がいない分観客も少なかった。疎らに並んだその列の最後尾につくと担任が整理券を配布していた。私は先生の後ろに隠れて、先生が代わりに整理券を二枚受け取った。

教室は暗幕がぴっちりされていた。暗闇が教室を覆い、普段とは違う顔を見せる自分の教室に動悸がした。階段状に作られた席の最前列に座り、ぼんやり明るい舞台を見つめる。

八時半のチャイムが鳴るとブー、と少し古臭くださいブザーが鳴って、ドレスを着たまつおさんが出てきた。ティアラを被っているのを見ると姫なのだろう。窓枠から顔を出し、俯き加減で口を開く。

「ああ、ミチオ」

「日本人なんだ」

先生は小声で間髪を容れず突っ込む。私は一瞬の間も無く先生のスネを蹴飛ばした。先生は黙った。

まつおさんの声は透き通っている。軽くて高い声だと思っていたけれど、今日は教室いっぱいに響く大きめのものだった。

薄桃のドレスの彼女は大国の姫で、兄が王国を継ぐことが決定している今、政略結婚の道具にされそうになっているのだった。わんぱくで、すきあらばすぐに逃げ出そうとする姫は王によって森に幽閉されてしまうがそこに現れたのが村の外れに住む青年ミチオ。ミチオは村人から疎まれていた。というのも彼の母親が夫を亡くし精神を病み、とうとう悪魔に魂を売ったという噂が立っていたからだ。魔女の息子とされたミチオは村人からの迫害を避け専ら森の中にいた。その森に幽閉されていたのが姫というわけである。

二人は親交を深める。そしてお互いに惹かれ合う。

しかしついに王が姫の嫁ぎ先を決めてしまうのだ。姫は必死に抵抗するも、王の決意は揺るがないのである。

「リコ姫、リコ姫、逃げ出しましょう。私と一緒に、こんな国は飛び出して、どこか遠くで二人で静かに暮らしましょう」

ぼろぼろの服を着たクラスメイトがまつおさんの手を取る。高い声が余計に切なく響いた。まつおさんはかぶりを振る。

「できません。私と貴方(あなた)では、できないのです。身分が違う。私はこの国の王女だから、この国に尽くさなければならないの」

「そんなの、誰が決めたんだ！」

ミチオは叫んだ。甲高い叫びだった。リコは肩を震わせる。

「私は貴方が好きなんだ！　じゃあ貴方はこの国が何よりも一番好きなのか？　大国というのにあぐらをかきのうのうと生きているこの国がいいというのか？　貴方のことをこれっぽっちも考えず、ひたすら目先の利益を追いかけるこの国を、愛しているというのか？」

「……ですが」

「貴方は姫である前に人間です。ひとりの国民です。貴方は血筋に囚われることもない。王にがんじがらめにされる必要もない。貴方は自由でいいのです。私と貴方が愛し合う、それの何がいけないというのか！」

スポットライトが白い。宙に舞う繊維を輝かせダイヤモンドダストのようだ。淡い色のドレスがふわりと広がり、姫はミチオにしがみついた。

劇が終わっても私はぼうっとしていた。先生はちょっとお花を、なんて言ってどこかへ行ってしまって、客がいなくなってもどうにもできずにいたらまつおさんが衣装のままに走ってきた。

「見にきてくれたんだね！　ありがとう！」

ライトの強い熱に当てられ彼女の頬は赤く、汗をかいていた。濡れた瞳は未だ希望にキラキラ輝いていて、リコ姫が私の目の前に立っていた。私は腰が抜けてしまったようで立てなかったので、彼女の手を取ってブンブン振った。

「すご、すごかった！　感動した！　あの、あのね、えと、こう、キラキラだった。綺麗で、透明だった。向こうまではっきり見えるみたいで、こう……」

激情を言葉にまとめるのは難しかった。私は何度も言いあぐね言い募って、その間まつおさんはじっと私の目を見つめていた。

「見に来てよかったなって、思った」

「そっかあ」

まつおさんは頰を緩めた。私なんかはさっきから緩みっぱなしだ。

「ミチオはすごいねえ、あんなに真っ直ぐリコ姫のことを想ってるって、すごいなあ」

「へへ」

隣で聞き耳を立てていたのだろうミチオがにやけ吐息を漏らすのが聞こえた。リコ姫はミチオを手招いた。ミチオは少し躊躇ったのち、とことこ寄ってくる。

「見に来ると思ってなかった」

「ううん、最初から来るつもりだったんだけど、びっくり、凄かった」

「キキセマル感じだった?」

「うん、そうだった。引き込まれた」

「だろだろ、もっと褒めろよ」

ミチオは誇らしげに胸を張った。鼻の下を擦り、私の肩を叩く。

彼の周りからは華やかな赤い色が放出されていた。赤橙に近い色が丸く彼を覆う。

「色ボケくんはこの文化祭なんもやんねーの」

「やるよ。もう色ボケじゃないよ。僕だってなんかしらできるよ」

「そうなの、なにやんの」

「自由展覧会プレゼン」

「いつ」

「十二時十分」

「じゃ、見に行ってやるよ」

「はは」

ミチオはまた私の肩を叩いてリコ姫と舞台裏に回って行った。

さて先生と合流しようと教室を出ようとしたら先生は私の真後ろにひっそりと立っていた。幽霊のように存在感が薄くて、いつにもまして透き通るその檸檬色に私はおののく。

「なに、先生、びっくりすんじゃん」

「あと、三時間くらいあるけど。どうする？」

「え、うん」

私は先生の手を取った。先生はさっさと教室を出て行く。

「あんまり食べてまわってもお昼入らないかな」

「そうだな。じゃあ部活動発表会とか回るか」

中学部には部活動がたくさんある。小学部の方は合唱団とブラスバンド部が細々活動しているだけだが、中学生は本格的に部活が始まる。もちろん帰宅部もありなのだとか。

運動部も文化部も実力はそこそこというのがこの学校だ。楽しく緩くがモットーの部活すらある。ただ文化祭だけはみんなやる気を出すから発表もなかなか完成度が高い。

中学部の特別教室棟や中庭なんかで色々やっている彼らはさまざまなことを毎年手を替え

品を替えやっているらしく、それのどれもが人気なのだとか。先生はその中で有無を言わさず私を小会議室へ連れて行った。そこではジャズ愛好会がセッションをしているところだった。情熱的なスペインの、アドリブソロが、ピアノの鍵盤を下から駆け抜けて、火花を散らせる。紅い紅い色だった。

十一時には体育館に向かった。どうやら先生は無理にジャズを聴かせたことに少しは罪悪感を持っているらしい。ジャズは確かにあまり聴かないが、心地よいものだったので別に不満には思っていないけれど。

今年は自由展覧会の出品が多く、展示とプレゼンは大体育館で行われる。舞台の上でプロジェクターで作品を投影し、マイクで発表するのだ。その後投票で賞が決まる。

私は別に賞を狙っているわけではない。見てくれた人々に、言いたいことがあるのだ。他の人は大きな花を象った立体作品だったり、動物の写実的な絵だったり、具体的なものが多かった。そんな中に並ぶ私たちのシンコペーテッドクロックは異色でどぎつい雰囲気を出していた。時計の音がただ鳴っている。

「それでここの材質は、実は金属でして……」

熱心に発表を聴く私の隣で、先生はつまらなそうに呑気にあくびをしていた。

発表を聴きに来ている人はとても多かった。立って聴いている人もいるほど、用意された椅子に収まりきらない人がいた。改めてこの自由展覧会の密かな人気に気づく。

時計が鳴る。

十二時。

舞台袖に行く。

係員が立っている。

マイクを渡される。

黒い網目。

持ち手、冷たい。

「はい、じゃあ出番です」

そう言われてもなかなか足を踏み出せなかった。

先生に背中をそっと、しかし強く押された。その瞬間、急に頭が冷え切っていって、視界が開ける。澄んだ時計の音と、濁りのない檸檬色。先生は一度私の手を握って、それからへらりと笑った。私はマイクを持ち直して舞台に出た。

拍手。みんながこちらを見ている。そんなことは初めてであった。高いところに立っている私からは、観客の黒い頭がよく見えた。その中に小さく、まつおさんたちがいた。かんざきさんとひがしさん、それからミチオとその友達数人。まつおさんがびっくりしたような顔でプロジェクターの作品を見つめているのがよく見えた。私は一つ息を吐いてお辞儀をした。

「僕は共感覚者というらしいです。それを教えてくれたのは先生でした。共感覚というのは、全く関係ない感覚に違う感覚を同時に感じることを言うそうです。僕は音に色が見えたり、人が色に見えたり、数字が色に見えたり、名前が色に見えたりします。それが普通ではないことはわかりますが僕は共感覚が強く感じられるので音楽を聴いても絵を見ても他の人みたいに楽しむことはできません。数字に色が見えるから計算をするのも大変でした。でも共感覚はそんなに知られているわけじゃないから、僕はただの変な人でした。でも僕は同じ共感覚を持つ先生に会いました。先生は僕にいろいろなことを教えてくれました。僕は同じ感覚を共有しているのがすごく嬉しかったです。でも僕たちはやっぱり普通じゃありません。でも普通じゃないところは誰にだってあると思うし、それをわかり合うからこそ僕たちは仲良くなれるのだと思います。だから僕は、僕たちの共感覚のことを知ってもらおうと思ってこの場に立つことにしました。この絵は僕と先生が描いた『シンコペーテッドクロック』です。シンコペーテッドクロックは二十世紀の作曲家ルロイ・アンダーソンの作曲した曲で、ご存知の方もいらっしゃると思います。この絵はシンコペーテッドクロックの色を表したものです。ベースは主題を水っぽく塗って、その上からこの曲の全体のイメージの色を塗りました。上の薄黄色のやつは時計の音のイメージで、こっちの青はレガートの部分のイメージです。僕たちの見えている世界はこの絵みたいにとにかく色で溢れています。これが僕たちです。僕はこの視界のせいで友達もできなかったしいいことなんてずっとなかったけど、先生と会うことができました。いろんな人に関わりました。でも関われば関わるほど僕は皆が実は普通とか普通じゃないとか関係なく過ごすこともできるってわかりました。僕は自分の弱さを知りました。普通とか普通じゃないとかがニンゲンを左右することもあるけれど普通じゃなくてもそれを乗り越えられることがあるのだと思います。僕は弱いからそれを知らなかったし知ろうともしませんでした。僕の世界は色だらけですがまだまだ知らない色があるのだと思います。僕はクラスメイトが楽しそうに笑ったときの色を知らなかったしクラスメイトの名前のきれいな色も知りませんでした。今日初めてクラスの皆がクラス劇を終えて成功したのを喜んでいるのを見てみんなこんなにキラキラしているんだと気づきました。もしそれが僕に向けてとか僕と一緒にとかで見られたらきっとどんなにいいだろうと思いました。僕はそれを知らないけれどもしそれが見られたらああ共感覚を持っていて良かったときっと思えるんだと思います。そしてそのキラキラが普通じゃないの壁を越えることに近づくのかなと思います。そしたら僕は普通の輪をもっと広くしたいです。そうしたらみんなもっともっとキラキラした世界で生きることができるからです」

世界が、色づいている。拍手の音も、観客の顔も、向こうに展示されている絵画たちも、色と音を響かせて、淡い香りを乗せて、鮮やかな世界が、広がっている。

お辞儀をした。破れんばかりの拍手だった。先生は微笑んで私を見下ろしていた。

一日目はあっという間に終わった。あのあとまつおさんやミチオが私のところに来て口々にすごいすごいと言っていた。

「色ボケって、大変だったんだな」

ミチオはそう言った。私は別に、と笑った。そう、別に、なのだ。大変だったとしてもそれは今の話ではないし、世界に色があるのが、今は本当に綺麗だと思うのだ。

なくなればいいと思ったこともある。いいことなんてこれっぽっちもない、掃き溜めの生活に蜘蛛（くも）の糸を垂らしてくれたのが先生だった。薄黄色の光を反射する銀色の天からの糸、まるで桃源郷の世界。儚（はかな）く彩られているのがこの世界だったのだから。

ミチオは感動した、明日はクラスみんな誘う、と言って眉を下げた。気のいい奴だなと私は嬉しかった。

二日目もまずクラスの劇を見た。先生はちょっと、と言って一緒には回らなかったから、私は時間が来るまでただ劇を見続け、キャストに律儀に感想を述べた。

昼になって漸く体育館で先生と合流した。マイクをまた受け取り舞台に立つと、最前列にクラスメイトがたくさんいた。ひそひそと何か話している。関係ない。私は私のやりたいことをやるだけだった。ただありのままを伝えるのが私だ。

メーターを上げると、白かった世界が霞の晴れるように彩色される。それが何より美しいのを、今、僕だけが知っている……。

5

私たちのシンコペーテッドクロックは微妙な票差で準優勝だった。プレゼンテーションに対する評価はそこそこに高かったが、感想のいくつかは意味がわからない、絵に面白みがないなどと書いてあった。別に構わなかった。

月曜日の振り替え休日が明けて学校に行く。私の机はいつも通り。何事もなくそこにある。何事かがあったのは私の生身の方だった。教室の入り口の一番近くに座っている男子児童が私におはようと声を掛けてくれた。

私は目を見開いた。それからおどおどと手を所在なく持ち上げ、弱々しく振る。

「お、はよう」

少年が満足げに笑ったのを皮切りに、私の通る通路の横に座る児童たちはみんな私に挨拶をしてきた。それにひとつひとつ返して行く。おかげで自分の席にたどり着くのにずいぶん時間がかかってしまった。目のあった松尾さんは笑っていた。

「おはよう」

「おはよ……」

「よかったねえ」

松尾さんは嬉しそうだった。何かいいことがあったのかなと思った。素直に思ったまま聞いてみれば、

「雰囲気が、いいなァって」

とまた微笑んだ。そうなのか、と私は肯く。よかったねえ、よかったねえと彼女はしきりに言った。

普通に授業を受けて、昼休みになると、道夫くんが声をかけてきた。なにかしたかなと顔を上げる。道夫くんはとなりに北村くんを連れていた。

「な、外で遊ばね?」

「ね？」

北村くんが戯けて道夫くんの真似をする。

「いいの」

「何が」

「僕がいて」

「別に」

「別に」

また鸚鵡のように言って北村くんは坊主頭をボリボリ掻いた。

「だって、俺、そういえばお前のことよく知らなかった」

校庭が休み時間こんなに人に溢れているなんて思わなかった。私はびっくりした。手にしたボールを取り落とす。道夫くんはどんくせえの、と笑った。嘲笑ではなかったのが嬉しかったから、「うん」と言ったら頭を叩かれた。

「共有感覚だっけ？」

「共感覚だよ」

「それって、俺のことも色で見えんだろ」

「うん」

「俺、何色？」

「赤っぽい、オレンジ」

「俺は俺は？」

「紫。暗めの」

「それって何で決まってんの」

「何でって、それは、りんごがどうして赤いのかきくのと同じ感じがする」

「じゃあ、変わらないんだ」

「動きとか、表情とかで微妙に変わる」

「へぇ」

ぽんぽんとボールを弾く。バレーボールのようにオーバーでパスを繋げた。北村くんがミスをして頭頂部でパスを受けて、ラリーは止まった。

北村くんは自分の頭を慰めるように撫でた。私は彼のその短く揃った髪を見つめた。

「そういえば、一緒にいたやつは？　中学部だろ」

「ああ、先生ね、先生も共感覚者だよ」

「美人だったよなァ。なんて名前なの」

答えようとして、そういえば檸檬先生は名前じゃなかったと思い至る。名前を聞く必要性もなかったし、知らないままだ。別に無理に知る意味もないなと思う。名前の色がどんな色だろうと、檸檬先生が檸檬色であることに変わりはない。

「名前は知らない」

「え、仲良いんじゃねーの」

「悪くはないと思うけど」

「じゃお前らのカンケーってなんだよ」

今度こそ言葉に詰まった。関係に名前をつけようとしたことはない。私と先生、世界に二人、それだけでいいはずだった。ところがどうだろう。世界はそのたった二人ぽっちではないのだ。現に私の目の前には道夫くんも北村くんもいる。じゃあ先生はなに？

「いいよなぁ。歳の差は結構あるけど、あーゆー彼女いたら、イイよなぁ」

「北村は神崎一筋だろ」

「ばっか言うなよ」

彼女。

なんだかもやもやする言葉だ。私は別に先生を彼女にしたいわけではない。彼女という括りでは、纏められない。先生への感情を、私は持て余している。

なんだかんだやれ一緒に遊ぼうそれ一緒に帰ろうと、結局音楽室で先生に会ったのは金曜日の放課後となった。

いないかもしれないと思いつつ薄い期待を持って赴いた音楽室に、果たして先生はいた。その日はたまたまいたのかもしれない。先生は私の立ち尽くすドアに背を向けて立ったままピアノを触っている。不思議な音階を弾いていると思ったそれは、いつか弾いていた十二色相環だった。私は愕然とした。

振り返った先生は特にむくれているわけでもなく無表情に私を見つめる。それがなんだかシュールで怖い。

「久しぶり」

「言うほど久しぶりじゃないよ」

「でもあんまここなかったろ」

「まあ」

「どうしたの」

私はありのままクラスメイトのことを話した。最近松尾さんに人気のアイドルを教えてもらった、北村くんは神崎さんが好きだけれど実は神崎さんには彼氏がいるらしい、道夫くんは弟が来年入学するから今のうちから平仮名とカタカナと漢字を教えている。

先生は笑ってそれを聞いていた。ときおり相槌を打って、面白そうに腹を抱える。

ピアノは赤い布を取り払われて黄ばんだ白鍵盤を晒している。手垢が染み込んでいるのだ。寂れたピアノだ。黒い屋根が今は閉じている。だから音が少しだけ籠って聴こえるのだ。

「先生、あれ弾いて、最初にちょっと弾いてくれたやつ」

私は蓋を開けたそのピアノの開放的な音を先生の手から紡がせたくなった。先生の制服の裾を摘んでくいくい引くと先生は嫌そうな顔をした。

「やだ」

「なんで」

「私、やっぱり音楽はちょっと気持ち悪い」

「どういうこと?　だって、シンコペーテッドクロックだって他の曲だって聴いてたじゃん」

先生は肩を竦めた。さらりと髪が流れ落ち先生の頬を伝う。春から切っていない長い髪。淡い蒼い瞳。長い睫毛を伏せて少女は薄い唇を歪めた。

「ゆっくり流れてく曲とか、聴き慣れるほど聴いたやつはいい。けど、革命は一気に駆け上がるから、ダメ」

「そっか」

先生はまた十二色相環を弾き鳴らした。非常にゆっくり弾いているから一色一色が虚空に広がり流れ行く。その色の虚像に手を伸ばした。指先は空を切るだけだった。

日が早く暮れるようになった秋の夕方は音楽室に長い影を呼び込む。こちらを向いた先生が赤い光を背負って、逆光になってその顔を黒く染めていた。

「私、暫くこっち来ないわ」

「え」

「本格的に、受験生だし」

先生はゆっくりとつらつら下らないような理由をいくつか並べ立てた。口調は穏やかだが早口のように聞こえた。私はただその暫くという言葉を鵜呑みにして聞き分けよく黙ってそれに頷いた。いい子、と私の頭を掻き撫でる先生のあっけらかんとした明るい笑顔が印象的だった。

冬

1

クラスメイトは時々私に話しかける。一緒に遊ぶ。勉強を教え合う。担任はたまに私を信用してくれるようになった。授業中の理解度が上がった。調子が悪い日はまた前みたいに世界は歪む。しかしそれも何ともなく思えるのだ。

父の仕事はなかなか軌道には乗らなかったが落ち込んでいるわけでもなかった。会社では仲間と楽しくやっているらしいし、母は母でまたスーパーの仕事を再開し細々と稼いでいる。服を新しくまた何着か買い、それから新聞を取り、とうとう我が家にもテレビが帰ってくるころに一度祖母が家を訪れた。そのとき父はスーツをびしっと決めていていつになく格好良かったのに、祖母に向かって土下座して「むしゅめさんを僕にくだしゃい！」と叫んだのは史上最強に格好悪かった。その瞬間、彼はきっと世界一格好悪い男だった。こうはなりたくないと思った。祖母は暫く父に罵声を浴びせた。罵詈雑言(ばりぞうごん)の嵐だった。父はその間顔も上げず身動ぎもせず黙ってそれを聞いていた。祖母は暫く好きなだけ言いたいことを言うと父の入れた茶を飲み、「うまい」と言って帰って行った。最後に私の頭を撫でてくれた。

先生は音楽室に来ない。

帰って一番に新聞を読むことが日課になった。経済のところなんかはなかなか理解し難かったが、わかりやすい文章を掻い摘んで読んだ。

父と休日に出かけることが増えた。電車に乗って何駅かのところにある大きな画材屋に頻繁に赴き、二人で、時には三人で色々な画材を見て回った。よだれが垂れそうになる。父は毎回二本ずつカラーペンを買ってくれた。私のノートはまた美しいコードで溢れかえるが、最近は「普通」の絵を描くのも楽しかった。犬を描いて、猫を描いて、人間の絵を描いて、それがスケッチブックに溜まっていくのが楽しくて仕方がない。時には一枚の絵に何種類もの画材を混ぜて使用したりもした。しかし専ら使うのはアクリル絵の具だった。やはりアクリルは使い勝手がいい。初めは悪戦苦闘したが、うまく描けなくても描くこと自体が好きだから痛くも痒くもない。毎日毎日宿題を終えるとアトリエで絵を描いた。隣にはあの三色の絵がいまだに飾ってある。

先生は音楽室に来ない。

十二月、クリスマスの近くに私の誕生日はある。毎年どちらもなにもなく、誕生日やクリスマスという概念すら頭から抜けていたその当日の帰りに、玄関の扉を開けてリビングに入ってみれば、そこはカラフルなペーパーリングで飾り付けられており、父と母が揃って私を待っていた。誕生日おめでとう、と母。これがお前へのプレゼントだ、と父。

父に渡された大きな箱。綺麗な紙で包装されたラッピングの中には百色色鉛筆が入っていた。そのどれもが単なる色ではなく、微妙に表情の違う珍しい色を集めたもので、水で濡らせば水彩絵の具に早変わりするという。父と母が二人で選んだ色鉛筆だった。初めてそれを使って描いた絵は、父と母と私の絵だった。二人に見せたら額縁に入れられ床の間に飾られた。気恥ずかしかった。

クリスマスの朝には枕元にささやかなプレゼントがまた置かれていた。それは小さなスノードームだった。買ってもらった勉強机の上に飾っておいた。

先生は音楽室に来ない。

冬は日が短い。時の流れもあっという間だ。餅を食べて豆を撒いて雛壇を飾って、中学部の卒業式の日になった。先生はああ言って結局一回も音楽室には来なかった。一度だけ、中学部校舎に行ってみようかと思ったけれど、受験勉強の邪魔をしてはいけないと思ってやめた。先生とはあの秋の金曜日以来会っていない。友達と遊んで、授業を聞いて、母の料理を食べ、父と絵を描き、けれど物足りなく感じるのはどうにも全て先生のせいだった。先生がいないと寂しくて私は成り立たない。

中学部の卒業式は中学部生徒のみで行われるため小学部児童はその日は休校だったが私は構わず学校へ行った。一学年に三桁もの生徒がいる中、檸檬先生を見つけられるかはもはや賭けだったが、それは杞憂に終わった。小学部校舎から微かに、揺らぐ革命の音がした。私は迷わず小学部校舎の階段を上った。

小学部教師たちは授業はないものの明日からまた再開する授業の準備に明け暮れている。音楽教師はそういえば昇降口のところで数人の女子生徒に囲まれていた。あれは恐らくブラスバンド部かなんかで小学部在籍時に世話になったとかで呼び出されたのだろう。他の古参教師たちも一様に囲まれていた。そんな中、先生は音楽室に忍び込んだのだろう。

私は赤塗りのドアを押し開けた。そこにはブレザーをきちんと着た先生が立っていた。

先生は笑った。

「やっぱり、来たんだ」

予想をしていたのか、私が来たことに全く驚いていない先生はくるりとピアノに向き合うとその使い古された鍵盤に赤布をかけてやる。

「普通の高校に行くことにしたよ。第一志望の私立は落ちたから、偏差値そこそこの都立に通う」

「そうなんだ」

「少年はどう？　毎日、楽しい？」

先生はピアノの開いていた屋根を閉じた。昇降口までピアノの音が聴こえたのが不思議だったが、どうも窓が開いていたようで、冷たい風がびうびう中に吹き込んで先生の長い髪を揺らした。秋よりももっと長く伸びていた。

「楽しいけど」

「そう、よかったじゃん」

「けど、先生に会えなくて寂しかったよ」

先生は鍵盤の上に蓋をした。かたん、と乾いた音がした。先生は黙りこんだ。一度ピアノのひたすら黒いのを見つめて、髪を風に靡くままにはためかせた。膝の長さまで元に戻っているスカートの裾が揺れる。寒い、冬の匂いがする。

「嘘ばっか」

先生は吐き捨てた。私はかぶりを振って一歩先生に近づく。

「嘘じゃない！」

息を吸い込むと鼻がつきりと痛んだ。

「先生、僕、先生が好き」

言葉を衝動のままに口から出した。出し始めたら止めることは出来なかった。

「好き」

「先生が好き」

「好きなんだ」

「僕を見てよ」

「先生」

「檸檬先生」

言葉はとめどなくぼろぼろ落ちる。先生は黙っていた。黙って私の言葉を聴いて、くるりと振り返った。

笑っていた。

「そう」

先生は笑っていた。

「君も、そういうふうに言うんだ」

先生の唇は歪んで上に三日月を描いていた。

「君も、そういうふうに私を見るんだ」

冷風に髪が上に飛ぶ。逆巻いた黒髪は先生の顔を覆った。灰色の雲が垂れ込める空の合間から差し込む強烈な赤い日差しが、私の目を焼いた。

先生は額から上に向かって、顔にかかるそれを掻き上げた。先生の顔はやっぱり逆光で見えなくて、ただ冷え切った赤い光線だけ私を突き刺す。微かに見えたあの笑みは、もやの奥に消えた。

先生はピアノから手を離した。ローファーのかかとを鳴らしてこちらまで歩み寄り、ぴんと背筋を伸ばして私の頭を押し付け強く撫でた。

「よかった、少年、これでいい」

なにもよくないと言いたかった。先生は私の言葉をそのまま虚空に流してしまった。しかし先生が上機嫌そうに笑っているのでなにも言うことはできなかった。ただ頭が前後に揺れるだけだ。

「少年、普通に生きろよ。このままいつも通り、普通に生きろよ」

先生は最後にもう一度笑うと、私を置いて音楽室を出て行った。開け放たれた窓が赤く禍々しく陽に燃えている。私は先生を追いかけなかった。自分の頭に触れて、ただぼうっと先生の言葉を咀嚼していた。

2

それから先生に会うことはないまま二年が過ぎて、小学六年生になった春の日の下校途中、道夫と北村に寄り道をしようと誘われて、普段は通らない道を歩いていた。

「この先の公園をつっきって、その先にドーナツ屋さんができたんだって」

こういうのに行きたがるのは大体北村だった。未だに神崎さんのことが好きらしい北村は、女の子が喜びそうなものをすぐにリサーチしたがった。私と道夫はそれにしょうがないなと付き合うのである。

ドーナツ屋はドーナツの見た目が可愛いのだとかで、こんな都会の中の田舎のような土地にそんなハイカラなものができたなんてにわかには信じられなかった。北村の情報源は人伝の噂ばかりなので信頼度は低く、胡乱気(うろんげ)な目をした私を北村は引っ張って歩いていた。公園を通り抜けようとした時、ふと足を止めたのは道夫だった。公園の向こうの通りを凝視して首を捻っているから北村も立ち止まり、つられて私も足を止めた。

「どした〜道夫〜」

「いや、あの高校生さ、どっかで見たなあって……なんだろ。売り出し中のデルモかな」

「んぁ？」

北村と私は視線を指差した先に向ける。そこには歩道脇の柵に腰掛けてドーナツを頬張っている女子高生がいた。黒に近い紺色のセーラー服を着ていて髪は肩あたりまで中途半端に伸びている。それがざんばらに切られているにもかかわらず彼女がいい意味で目を引くのはその容姿の美しさからだろう。アンバランスなその少女は、私にとってはとにかく印象深い人だった。

「檸檬先生だ」

「あ？　それ、えーっと、あれか、京都感覚の人か」

「共感覚な。お前北村なんでそこでいつもボケたがるの」

坊主頭を道夫が叩く音がした。私は思わず公園を抜けて先生に駆け寄った。

「先生！」

逃げるのではないか、と名を呼んでから思ったが、先生はドーナツを頬張りながらこちらを見て、軽く手を上げた。

「ほーへん」

「うん。久しぶり」

「でかくなっはなぁ。ほまえ、まえまへほんなちっこかっはのに」

「なんて言ってんのかわかんないけど」

会話が弾むと思ったが一転、先生はすっと黙り込んでしまった。その視線の先に、駆け寄ってくる道夫と北村がいた。先生は嚥下をし、私の隣に並んだ二人に軽く会釈をした。

「うわー、近くで見るとめっちゃすげえ」

北村は無遠慮にはしゃぐ。訝し気な先生に私は二人を指した。

「ええっと、道夫と北村。友達」

「へえ、友達。いいね」

目を細めて先生は二人を見た。北村は頬を赤くしている。道夫はそんな北村を小突いた。

「お前の趣味わかりやすすぎ。……あ、っと、道夫です。来栖道夫」

「ぼ、ぼ、僕、北村です」

先生は一瞬二人を睨みつけた後ににっこりと笑って二人の頭を同時に撫でた。北村なんか目を白黒させてされるがままだった。ドーナツを食べ切った先生はそっと唇を手で拭う。北村は先生の一挙一動を穴が開くほど見つめていた。先生はもう一度北村を睨んだ。

「じゃ、みんな仲良くね。私はもう行くわ」

「先生ばいばーい」

「先生ばいばーい」

道夫と北村が大きく手を振る中、私は右手を小さく少し上げるだけだった。先生は短くなった髪を靡かせて公園を出て行った。

ドーナツ屋はすぐそこにあって、でも一個の値段が思いの外高く、お小遣いの少ない私は買うことができなかった。メニューに並ぶストロベリーやホワイトチョコの、可愛らしいデコレーションのドーナツを眺めていたら道夫と北村が一口ずつ分けてくれた。甘くて酸っぱい美味しいドーナツだった。アラザンがしゃりしゃりした。銀色のアラザンは口の中でころころ転がった。チョコチップがするりと溶ける。喉の奥から唾液が出て、飲み込むと一瞬の酸っぱさののち、果実の鮮やかな味が口に蘇った。

　あれからお金を貯めてあらためてドーナツを買いに来た。公園でホワイトチョコのドーナツを一人齧った。

　なにも変わらないまま中学部に入る。相変わらずよく一緒にいるのは道夫と北村。東さんは親の仕事の関係で転校してしまったし、中学受験で何人か生徒が入れ替わった。小学四年生以来、久々に松尾さんと同じクラスになった。ボブ辺りだった髪は今は肩甲骨あたりでツインテールを揺らしている。目がアーモンドみたいで、変わらず睫毛が長かった。中学部の制服のスカートもちゃんと膝の長さで着用していた。不思議な関係の私と松尾さんは教室の隅や廊下でひっそり話をするのが好きだった。松尾さんはあるとき好きな子ができたと私に教えてくれた。中学部一年から転入してきた同じクラスの赤石(あかいし)だった。赤石は運動が得意で典型的なスポーツ少年だった。勉強はかなり苦手らしく、定期テスト前には必ず私に教えてくれと縋ってくる。私もそれを無下(むげ)にすることはなかった。彼の持ち合わせる男気だとか、スポーツマンシップだとかは見ていて心地が良いものだった。彼は誰にでも優しい。性別の分け隔てなく困っている人には手を差し伸べた。一学期初めの席が隣同士だったからか私は妙に彼になつかれた。彼は将来医者になりたいのだと言った。

「医者になったらさ、世界中の人を助けるんだ！」

「いいね」

幼稚な考えだとは思わなかった。彼らしいと思った。彼なら叶えそうだと思った。ただ勉強は必死にやらなければならないが。

松尾さんが赤石を好きになるのもわかるなと思った。全力で応援しようと思ったが結局松尾さんは彼に思いを伝えるのをやめた。

「どうして。松尾さんなら、きっと赤石くんも好きになってくれるよ」

「でもいいの」

私はなんと言えばいいかわからなかった。必死に言い募りたいのになにを、どうして言い募って説得したいのか、考えはぐちゃぐちゃだった。

「赤石くんは、私が縛り付けていい人じゃないのかなって思った」

そういうものかと、彼女の言葉はすとんと私の中に落ち着いた。

「檸檬先生？　とはどうなの」

納得してスッキリしていた私は突如として投げ込まれた爆弾に対応できなかった。喉に唾が引っかかって、松尾さんは笑う。彼女は本当によく見ていて、聡かった。

「まともに取り合ってもらえなかった」

「あらまあ」

「子供だからって本気にしてくれなかったんだよ」

「そうなのかなぁ。そういう人なの？」

「どうかな」

恋愛話といえば、北村が神崎さんと付き合うことになったのは驚きだった。神崎さんは小学部三年の時の彼氏とはとっくに別れていたらしい。それを聞いた北村の猛アタックに渋々折れたという体ではあったが、満更でもなさ気だったから面白い。

共感覚の噂はわりと慎ましやかに広がっていて、新しくクラスメイトになった生徒たちがたびたび自分は何色かと聞きにきた。そのたび答えると嬉しそうにしたり、納得できないというような顔をしたりと様々だった。美術教師が聞きにきたときはさすがに驚いた。

「お前はいい感性持ってんなあ」

「そうでしょうか」

「大事にしろよ」

美術教師はそんなことを言っていた。彼は物忘れが激しいため数日後には私の共感覚の噂もすっかり忘れていたが、変わらず美術の成績は五をくれた。

中学の卒業式の日、松尾さんは私に頭を下げてきた。

「ごめんね。小学部のとき、他のみんなと同じように君のこと避けたり、邪魔者扱いしたりした。自己満足かもしれないけど、ずっと謝りたかった」

「顔をあげてよ」

そんなこととっくに忘れているのだと思った。なるほど子供は単純だとあとから先生の言葉に頷いたりしたものだ。九歳なんてすぐ掌を返す。子供はわからないから放っておく。防衛本能なのだ。それが詳らかになれば歩み寄ってくる。それが普通の反応なのだから、

「別に、謝るようなことじゃない」

嫌だなと思うこともあったけれど、

「今うまくやってるんだから、それでいいんだ」

松尾さんは泣いていた。

彼女はそのあと道夫と一緒に帰って行った。

私は小学部の音楽室に忍び込んだ。もうすっかり軽く感じる赤塗りの防音扉を押し開け、窓を開けて、ピアノをひらく。黄ばんだピアノは変わらずそこにあって、私は十二色相環モールを奏でた。聴くに堪えない奇奇怪怪な音の羅列、しかし視界を開けば美しく鳴る虹の色。当たり前だけれど、先生は音楽室に来ない。

こうして私は一人この私立の学校を卒業していった。

音楽室には、もう来ない。

3

「母さーん、電話ー!」

リビングからキッチンのほうに叫ぶと母はウインナーを焼く手を止められずにバタバタと忙しなく朝食の準備をしている。三月、日曜。父は仕事もなくモーニングコーヒーを優雅に飲みながら朝刊を読んでいた。

大きなプロジェクトを一つ決めた父はここ二ヵ月ほどかなり忙しくしていたからこんなにのんびりとした朝も久々だった。ちなみに父は未だに電話で礼儀正しくするのが苦手らしく、出たがらない。

「代わりに出てー、あとちょっとで終わるの」

「はーい」

私は受話器を取り上げて耳に当てた。

「はいもしもし」

『もしもし……あの』

涼やかなまろい声だった。久しく聞いていなかったが、それが誰のものかなんてすぐにわかった。

「あ、……檸檬先生？」

『しょうねん？』

「うんそう、僕だよ」

思わず声が弾んだ。受話器の先にいるのは紛れもなく先生だった。雑音のせいで聞き取りにくいノイズの中に、彼女の声は明朗に響いた。

「どうしたの……ていうかよく電話番号わかったね」

『宝井堂はうちの会社だよ。調べようとすればなんでもわかる』

私は母にハンドサインを出しながら向こうに問いかけた。先生は鼻で笑った。

「それ、職権濫用じゃない」

『いいのいいの。私、どうせ後継ぐことになってんだから』

「え、先生社長になるの」

『私じゃなくて私の夫がそうなるわけ』

「先生もう結婚したの！　まだ……あ、でももう二十五？　なのか」

驚いたがそういえば先生は私と同い年ではないのだ。数えてみればあれから十年も経っているのだから……当たり前に先生も年を食うはずだ。

『まだ結婚してないよ。相手が決まってないからね』

「相手が決まったら結婚ってするものだっけ」

『パパが決めるんだよ。大事な跡取りだし』

「世襲制なんだ」

『馬鹿みたいだよね』

朗らかな笑い声がした。

『少年は……もうすぐ大学二年生かな？』

「ううん。浪人して今年受かったから春から大学一年」

『そうなんだ。どこの大学？』

「芸術大学」

『え、やば』

先生はまたけらけら笑う。私は頬をかいた。照れ臭かった。

『すんごいじゃん。なに、将来はそっち系進むの。芸術家志望？』

「まあね」

私は少し誇らしかった。先生のおかげで芸術を好きになれたのだから、先生も喜んでくれるだろうと思ったのだ。嬉々として私はいかに美術受験が大変だったかを述べた。鉛筆デッサンが難しい。形も合わないしそもそも構図から考えなければならないのが大変で、そうしたら質感も必要になるし、アクリル絵の具での構成にもまた苦労した。ただアクリル絵の具の扱いだけは誰よりもうまかった。

先生は興味深そうにそれを聞いた。てっきり先生も芸術の大学に進んだと思っていた私は首を傾げてそれを尋ねた。

『私はパパとママの後継ぐからそれの引き継ぎばっかしてた。しかも、浪人するなって言われてたから偏差値低い確実なとこ狙ってたの。今はパパの会社でいろいろ引き継ぎやってる』

先生はそれがいかに大変かを戯けた口調でつらつら述べたのち、唐突にこんなことを聞いてきた。

『少年さ、スマホ持ってる?』

「ん? 持ってるけど」

『これから暇? 私今外にいてさ、少年ちの近くにいんの。暇ならさ、会わない? 話しながらこっち来てよナビするから』

「いいの、会いたい」

私は躊躇わずに先生に電話番号を告げた。高校の時に買ってもらった当時の最新型のスマホだった。十分後にかけるから準備出来次第向かってくれと言われ私は一度受話器を置いた。大学受験後、入学までの長くて短い春休み。なにをしていればいいのかわからず家で絵ばかり描いていた私にはいい気分転換だった。

部屋着から薄黄色のセーターとお気に入りのダッフルコートを着た。四月が近いとはいえまだ冬空の灰色は寒いものだ。ここ一週間は特に冷え込んでいる。早くあったかくなれと願いながら私は先生からの電話を取るとともに外に出た。

『あ、少年?』

「うん。なんか、その呼び方懐かしいな」

『こっちは変な感じだよ。すっかり普通の大学生男子になっちゃってサ』

私は春間近の道を歩いた。

「先生は変わらないね。すぐわかった」

『そうかよ』

「うん。きれいな声」

『そんなこと言うのお前だけだよ』

庭のカラタチはもうすぐ青くなってアゲハの卵をいっぱいつける。向かいの家の鉢植えに花がポツポツあった。

『少年は、今でも私が好き?』

「……なに急に、それ……好きだけど……」

『はは、そう。ゲテモノ好きだね。やめとけと言いたいけど、まあいいよ』

「なに、じゃあ先生も僕のこと好きなの?」

『は、どうだろう。でもさ、そんなこと言うのお前だけだよほんと』

「そんなことないでしょ」

アスファルトの道路はまだ薄く黒い。最近まで霜が降りていたのでそれを考えればやはり随分暖かくなったものだ。

『私は結局やっぱり透明だった』

「どうしたの今更そんな話出してきて。先生は檸檬色でしょ」

『言ったろなんでもかんでも共感覚に頼るなって』

「頼ってない今はちゃんと自分で考えてる。共通テストだっていい成績取ったんだからな」

『うん、知ってる。少年は昔っから賢かったね』

「なんなのほんと」

『違う、違うの、少年は私のその檸檬色ばっかり見てるじゃん。どんな色なの。綺麗なの。明度が高いの。透き通る色なんでしょう』

住宅街の角を曲がる。一歩大通りに近づく。鳥が一声泣く。

『後継、結局男が必要なんだ。高校だって私の自由にはさせてくれなかった。受け入れてくれる人はいなかった。言い出せるわけがなかった。少年は私と同じだと思ったんだ』

「同じじゃん。同じ共感覚じゃん！」

『違う。私、少年は普通になれるって思った。だって子供だったから。子供は脳の回路が単純だから。でも少年が普通になったらそれはそれで嫌になるって、ほんとうにエゴ。汚い大人になったな。ほんと』

片側二車線の大通りに出た。人々はやや軽装で手を繋ぎ、腕を組み、まだ寒い風の中に春の気配を感じて笑い合っている。

『私は結局芸術家にはなれなかった。誰も私を見ないし、誰も私を理解できないもん』

「僕は先生を見てるよ！」

『第一ね、そんな自由認められてなかったわけだし』

「そんなことない、みんな先生のこと見てたじゃんか！」

『見てないよ、見てたのは「令嬢の私」だよ。俺を見てたんじゃない』

　ホウライホールの手前、ある会社のビルの前で私は立ち止まった。先生が止まるよう言った。やたらに通行人がこちら側の道路に集まっている。皆上を見上げてスマホを翳している者もいた。

『少年、私はやっぱり酷いやつだった。お前のこと嫌いじゃないよ。少年は私の唯一だったから、でもお前は今たくさんの人に囲まれてる、私はお前の唯一じゃないでしょ。結局、全部そういうことだよ。世の中には何十億もの人間がいて、その中で出会うのはたった数百人で、それでお互いにいい感情を共有できるのは、ほんの一握りなんだ。さらにそれが唯一となるのはゼロに等しい。人間はモノクロで、相手の心なんて読めないから、そうなんだ。ねえ、ねえ少年、』

「なんだよ、先生、なに言ってんのか全然わかんないよ」

『ねえ少年、この世界はモノクロだよ。人間も街も、言葉も本も遊具も学校も会社も、全部モノクロ。渦中の私は透明で、そこに黒い影すら作れない。でもさ、そこに色を塗りたくったら、どんなに気味がいいだろうって思うんだよね』

歩行者の視線につられて私は空を見上げた。通りを挟んで向かい側の、大企業のビル、十階建て。本来人が立ち入らないのだろう、屋上の柵は低く、その外側に少しだけ出っぱったへりがあって、そこに一人人が座っていた。足を虚空に投げ出してふらふらとさも愉快だというように振っている。白いノースリーブのワンピースを着ていた。長い髪が肩に落ち胸のあたりで躍っている。

「せんせい?」

『最後の授業だよ』

「檸檬先生?」

『この世の中で一番強い色はなんだと思う』

「強い、つよい? 強い色? え、……黒かな」

『ははは、そっか』

ビルの先にある空は薄い白い雲が何重にも重なり垂れ込め灰色がかっている。

先生は答えを言わない。見上げた先で変わらず足を振っている。ブランコを漕いでいる少女みたいだった。私は倒錯した。

「ねえあれ、大丈夫なの?」

「警察、呼ばないの」

「だれか呼んだでしょ」

「もうすぐ来るの?」

「え、なに、飛び降り?」

私の周りにいる人々は揃って先生を見つめていた。

「ねえ、先生、なにやってんの、会おうって言ったの、そっちじゃん、そんなとこさっさと降りてこっちへ来てよ」

『少年』

先生は笑った。耳元を彼女の声が擽った。明朗で軽やかな声だった。

『少年、大丈夫、すぐ行くよ。ねえ』

「せんせい」

『ねえ少年、人間は死んだらなんにもならないけど、俺は違うよ。俺は、死ぬからこそ価値がある。今みんなが俺を見ている。本当の俺を見つめてる。……ねえ少年』

電話が突如切れた。スマホを見ると通話終了の画面になっていた。空を振り返る。白いワンピースの先生は高層の屋上で、白いワンピースも黒い髪も風に遊ばせて、笑っていた。白い剝き出しの手足が寒空に痛い。へりに立って彼女は叫んだ。

「ねえしょうねん、おれ、いま、とってもしあわせ」

彼女の笑顔を見た気がした。

先生の体が揺らいだのを見た瞬間私は駆け出した。しかし通行している車に邪魔されて向こう側へ駆け寄ることは出来なかった。反対側の通りで件(くだん)のビルを少し離れたところから見つめていた人々が甲高い悲鳴を上げた時、何かが潰れたようなぐぢゃりという強い衝撃音だけ聴こえた。私は必死に車の合間を縫って走った。柵と花壇を飛び越えた。その先に真っ赤な血溜まりと、先生だった人が沈み込んでいた。

「先生」

見える肌に大きな傷はないのにその四肢は異常に歪み、頭部に至っては体液が飛び出し臓器がはみ出していた。顔は右側をアスファルトにぴったりすり寄せており、雪の小面の左側の顔がラズベリーソースを被ったようで、葛湯めいた濁りのある白目と、その中に透き通っていた瞳が開いてだんだん磨りガラスのようになっていく。吹き出た血液が道路を広範囲に汚し、放射状に飛び散ったそれを新しく流れ出す濃い赤が覆って塗り替えていく。蜂蜜のような何か得体の知れないどろどろした感じがして、黒い艶のある髪はとめどない血液に洗われている。どんどん広がる血溜まりに、彼女の純白のワンピースは紅葉の流れる川のように鮮やかに重くなった。石榴の実が如くぐちゅりとした傷口の横に、私は膝をついた。そうしてアスファルトに張り付いている先生の顔に手を伸ばした。鮮烈な赤が瞼に焼き付く。膝を血が侵した。ぐっと足が重くなる。私の指先は震えていた。美しかった彼女の身体は見る影もなく、目も当てられないほどに崩れている。周囲に集まり出した観衆が顔色をなくしただ立っていた。私はそっと顔を近づけてその名を呼んだ。

「檸檬先生」

彼女は身動ぎもしなかった。擦り切れてしまった薄い唇は呼吸のために動くこともなかった。ワンピースが染められていく。それを止める術はなかった。人々はただ絶句してそこにいる。誰も目の前の女性から目を離すことができない。歪んだ美しい女性から視線を逸らすのは不可能だった。破裂した彼女の頭部からだらだら流れる真っ赤な体液をただ沈黙の中に見つめていた。

獣の唸るようなサイレンが聴こえても、誰一人として動けないままだった。

灰色の空に赤い飛沫が舞った。悍しい美と、瞼の奥に涙が滲んだ。

なにをどうしたかわからない。気がつけばスマホを握り締めたまま家の玄関の前に立っていた。夕刊を取りに外に出た母に見つけられ、家の中に押し込まれた。惰性のままに中に入るが、しかし思いの外脳は澄み渡っていた。両親に帰宅の挨拶を告げることなく階段を上がり二階のアトリエに入る。部屋の真ん中にへたり込んだ。アトリエには画材と一枚の絵があるだけで、私はその中にぽつんと一人だった。灰色の壁が四方を囲み、その中に一人だった。

先生、先生。檸檬先生。僕がダメだったのか？　貴方という人をもっとよく知らなければならなかったのか？　好きと言ったのがいけなかったの。

もしあの時好きだと言っていなかったら？　それはしかし過去のことだ。

好きになれること、なられることは殆ど奇跡だと思う。先生もそう言った。そうであることを知るということはもっともっと凄いことで、それはもう見上げた星空の中から名もない星を見つけ出すのと同じようなくらい難しいことだ。世界にはたくさんの人がいて、その中で知り合うのは本当に一握りだけで、その中から更に好きだと思われて、好きだと思うことは、奇跡的なことなのだ。運命だとか、そういう言葉でしか言い表せないほどのことなのだ。それが例えば恋愛事じゃなくて、友愛だとしてもだ。それを口に出してもらえることなんてないに等しい。

性別とか年齢とか、そういうのは関係なく、先生という一個の人間を好きになった。愛しいと思った。持て余したぼやけたこの感情に、私はゆっくり時間をかけて名前をつけてやった。好きという感情は無限大だった。それをきちんと受けたことのない私には扱いかねる代物で、でも受け取るときっと幸せなのだろうとぼんやり信じ込んでいた。

好き、は音にして二文字だけれど、伝えるのは難しい。そんなことは大人になってから知ったけど。「すき」の二音は唇から空気のように漏れ出て、真っ直ぐ鼓膜に届く。あの時の先生は何を思ったのだろうか。

私と同じ、好きを知らなかった人。哀しい愛しいあの人。好きを受け取れなかった檸檬先生。

透き通るあのレモンイエローの水彩は私が与えようとした濃い色に見向きもしなかった。先生、僕は先生が好きなんだよ。美しい女でも、荒々しい男でもない。檸檬先生自身が好きなんだよ。それで、人間を好きになることに理由なんかないから、僕はあなたに何も言えなかったんだ。人を好きになるという事象は、科学的根拠のない説明の難しいことなんだ。でも、あなたが好きだった。今でも好きだ。

何と言えば伝わっただろう。どんな言葉を紡げばあなたは私という人間を信じただろう。あなたという人間に、ただ私の好きを知って欲しかった。

目を閉じれば血が迫り、目を開ければ灰色の壁が有る。

先生の赤を見た人はなにを思っただろう。暴力的で悲愴な赤色。鋭く尖った、孤高の赤色。悲惨に歪んだ遺体よりも、その赤の方が酷く凄惨で衝撃的だ。モノクロのキャンバスに、たった一色の構成。粗雑横暴なエスキースに凪いだ血のマチエールはなによりも目を引いた。

檸檬先生、あなたの顔を思い出したい。あなたの様々な表情を、感情を思い出したいのに、あなたはいつだって笑ってばかりで、あなたの笑顔しか私は思い出せないんだ。赤黒く塗りつぶされた隙間からほのかな光を帯びる檸檬色だけが、あなたの存在証明だ。

私はアクリル絵の具を持ち出した。

パーマネントレモン、パーマネントイエロー、ジョンブリアン、ライラック、ホワイト、パールレッド、パステルピーチ、カラーパールレモン、黄はだ色。

ぐちぐちと大量の絵の具を混ぜ合わせて、水で溶く。刷毛をびったりと浸して水張りもしていないケント紙にそのまま塗りつけた。毛の生え揃った刷毛はムラなく境界を作らずそこに美しい檸檬色の平面を生み出した。薄く輝く檸檬色の画面だった。

乾いてもいないびしょ濡れの紙をパネルから外し、そのまま胸に抱きしめてアトリエの床に倒れ込んだ。着たままのコートに染みようが構わなかった。そのまま瞳を瞼で覆った。

その夜私は彼女に抱かれた。彼女の白い手が私の額を、頬を、鼻筋を、顎を、瞼を、眉を、そこから降りていって胸筋の中央を人差し指で辿り、臍の窪みに溜まった汗を抉り、掌で脇腹を押し撫で、身体の中心を割り裂いた。私の皮膚は汗でもうどうにもならないほどに濡れそぼっていたのに、彼女はその檸檬色の光を纏ったまま流し目で微笑んで涼しげで、汗一つ流さない。ただ開いた口の奥だけがぐしょぐしょに濡れていた。私は頬がしとどに湿り、彼女の顔を見るもおぼつかないくらいに脳が溶け切っていた。檸檬先生の薄笑いした顔が、それでも涙の膜の向こうに顕証に見えて、私は必死にその背中を掻き寄せた。

「せんせい、せんせい」

口を開けばそれくらいしか言うことがなくて、私はただその言葉だけを気が狂ったかのように喘ぎ続けた。先生は一度だけ私を呼んだ。それがどうしようもなく嬉しくて、私は引きつった背筋もそのままに、喉を晒してただ泣いた。

朝目が覚めればかき抱いた絵はそれはもうどうにもならないほどにしわがついてしまっていたが、それでいいと思った。

檸檬先生は確かに私の前で死んだ。誰からもはっきりとわかるほど、あの濃厚な赤を残して死んだ。確かに、目をつぶれば瞼の裏にはっきりとその色を思い出せる。でもどうしても、やはり彼女のあの顔は檸檬色だった。

檸檬先生は確かに死んだ。死んだら何でもなくなる。死に意味があると先生は言うけれど、先生は先生として存在していた。そして檸檬先生は今檸檬先生なのだ。複雑な折り目をつけて、私の胸に抱かれて彼女はこの静かな東京の朝の中に生きている。そしてこれから始まる本当にただの、なんでもない一日を私とともに見るのだ。青い空、道端の石ころ、くだらない友人の話。それら全てに色がある。でも私は何色にも染まらない。一個の人間だから、そして共に在る貴方の檸檬色も、同じ。

こんな感情を制御しきれなくなったのは貴方のせいだ。先生、先生。私に教えてくれ。どうしたらよいのだ。胸の内に抑えきれないこの激情を、衝動を。持て余すばかりで、どうにもできない。無責任にも血を流した貴方を、だがどうして恨めよう。先生、私が悪かったのかな。悪いことをしたら先生は叱ってくれるのではないのか。先生。先生、先生。

月は沈み、日が昇り、日は沈みまた月が昇る。

絶え間ない星々の連鎖に私はただ目を瞑るほかない。そしてその中で、たまに貴方のその鋭利な檸檬の色彩を思い出しては、こうして貴方という存在に縋るのだろう。

義務教育、計算方法、あやめ色、音楽、キリサメ、鏡の海、境遇、セーブの仕方、かなと雲、絵の描き方、アイデンティティ、主観的考え、先生の赤と檸檬。貴方が教えてくれた全てのことを、幾度となく思い出すのだろう。

貴方のせいで私はこれからの人生でどれだけ涙しなければならない？　どれだけ嘆かねばならない？　そうしてそのたびに貴方に抱かれそして嫌に明るい朝を迎えるのだろう。

貴方はなんて酷い人なのだろうか。

檸檬先生
The Confession for the Most Beautiful Person in the World Who Is in My Mind

少年

B3／ケント紙／アクリルガッシュ

二〇二六年

私たちの世界

しわだらけの檸檬色の画面は、四方を壁に囲われ、額に入れられることもなくただ寂然とそこに居る。

明度の高く、透き通るほどの檸檬色、空を突き抜ける一直線を描くような高い高いハ音、張り詰めた絹の弦を、針で殴りつけたようなその音は、暴力的であるのにどこか神聖、数多ある一等星よりも煌々と燃えている。その温度はあまりに熱くて、……あまりに熱いから赤も青をも通り越して炎は不可視なのだ。しかし体温は確かに在り、触れたのならば柔らかく、その中心から色が広がる。ざわめき蠢く雑音は、再び虚空のハ音に集約され、散らばり残された色彩が白い壁を彩ってゆくのだ。その極彩色の箱庭に、ただ独り佇む。壁は幾度もその肌色を変え、とどめおくいとまもない。花、錆、縹（はなだ）、納戸、松葉、コバルト、スカイ、クリムゾン、藤、若草、ワイン、黄土、藍。全てのものが仄かにふるえ、微かにゆらぎ、流れゆくまま檸檬に還る。生まれ出ずるは真白、しかしどれほど染まっても、その光り輝くハ音は黒には潰されぬ。四方からは影を呑んだ紅が溢れ出すが、それもまたいつしかは心ノ臓に廻るのだろう。血潮の調べは豪胆しかし流麗、そして幻のような体循環の中心に、確固たる檸檬色があるのだ。なんと鮮烈、優美なことだろう。そして妖艶、勇壮、静謐。色を遊び、音は愛（かな）し、その箱庭を独り胸に抱き、私は一人思考する。

嗚呼、今日も、貴方の檸檬色が、私を彩っている。

初出

「小説現代」二〇二一年三月号

檸檬先生

二〇二一年五月二十四日　第一刷発行
二〇二一年九月二十二日　第四刷発行

著者　珠川こおり
発行者　鈴木章一
発行所　株式会社講談社
〒一一二―八〇〇一
東京都文京区音羽二―一二―二一
電話　出版　〇三―五三九五―三五〇五
　　　販売　〇三―五三九五―五八一七
　　　業務　〇三―五三九五―三六一五

本文データ制作　講談社デジタル製作
印刷所　豊国印刷株式会社
製本所　株式会社国宝社

Printed in Japan ISBN 978-4-06-522829-6
N.D.C. 913 254p 19cm

珠川こおり（たまがわ・こおり）

2002年、東京都生まれ。小学校二年生から物語の創作を始める。高校受験で多忙となり一時執筆をやめるも、高校入学を機に執筆を再開する。本作『檸檬先生』で第15回小説現代長編新人賞を受賞。